KB215555

미스터 액괴
나랑 떨어지지 마

미스터 액괴

나랑 떨어지지 마

김나현
김쿠만
변미나
서이제
황모과

네오
픽션

차
례

김나현

미스터 액괴
나랑 떨어지지 마

김
나
현

2021년 자음과모음에 단편소설을 발표하며 작품 활동을 시작했다. 장편소설
『휴먼의 근사치』『사랑 사건 오류』, 소설집 『래빗 인 더 홀』, 단편소설 「예감의
우주」를 썼다.

지난밤에도 강우는 등을 보인 채 잠들었다. 우리가 싸운 진짜 계기가 무엇인지 몰라도 등을 보이고 잠든 그를 깨워 심통을 부린 일이 결정적이었다. 강우는 나 때문에 잠이 확 달아났다며 짜증을 내더니, 날이 밝자 혼자서 율마해수욕장에 갔다. 부드러운 모래사장에 돗자리를 펴고 두꺼운 책을 베개 삼아 누운 채 헤어져야 하나 고민했을지 모른다. 바로 그때, 강우는 파도를 타고 스멀스멀 기어 온 액괴에게 쏘이고 말았다. 동해에만 출몰한다던 액괴가 율마에 나타나리라곤 아무도 예상하지 못했다. 해양경찰이 잡은 액괴는 전부 여섯 마리였다. 저마다 크기가 다른 녀석들이었다. 그들은 물속 해파리처럼 투명하게 빛나며 꿈틀거렸다. 액괴니까 당연히 젤리처럼 물컹하고 끈끈했다. 게다가 인간의 피부에 착 달라붙었다. 제법 거친 녀석들은 옷을 뜯어 먹을 정도로 기운이 좋았다.

쿠팡에서 산 면티를 입고 해변에 누워 있던 강우는 액괴에게 옷을 뜯어 먹혔다. 구급차에 실려 온 강우의 티셔츠에 크고 동그란 구멍이 났고, 그에 꼭 맞춘 듯 통통하고 물렁한 액괴가 붙어버렸다. 의료진이 떼어내려 해도 여간 떨어지지 않았다. 그래도 심박이 정상 수치보다 조금 낮아진 것 말고는 크게 위험한 상태는 아니라고 했다.

"일단 집으로 돌아가서 경과를 지켜보세요."

의사가 말했다.

"당분간 일을 쉬어야 할지도 몰라요. 액괴가 붙으면 이래저래 불편하죠. 옆에서 잘 돌봐주세요."

간호사가 덧붙였다. 나는 걱정 말라는 듯 그들에게 말했다.

"괜찮아요. 나갈 일이 없어요. 일을 안 하고 있거든요."

그래도 강우의 자존심을 지켜주려고 그렇게 말한 것이다. 일을 못 하는 게 아니라 안 하는 거라고. 차를 타고 돌아올 때 조수석에 누워 있던 강우는 화를 냈다.

"일을 안 하든 못 하든. 그런 말을 할 필요는 없잖아."

하지만 화를 낼 만큼 기운이 나지 않는 듯 에잇, 하

면서 고개를 돌리더니 스르륵 잠이 들었다. 지난밤 숙면을 취하지 못해 피곤한 듯했다.

　집으로 돌아와 찾아보니 액괴에 물린 사람은 잠을 잘 잔다고 했다. 밥도 조금 먹게 된다고 했다. 말수도 줄어든다고 했다. 전체적으로 밋밋한 인간이 되는 것이다. 그 외에도 평소보다 솔직한 반응을 보이는 부작용이 있다고 했다.

　강우를 잠옷으로 갈아입혀야 했으므로 나는 싸구려 옷을 꺼내 가위로 등판을 동그랗게 오렸다. 액괴가 닿을 법한 면적을 뚫어놓았다. 팔, 하고 말하자 강우가 순순히 두 팔을 위로 올렸다. 나는 강우의 머리 위로 옷을 씌웠다. 입혀놓고 돌려세워 보니 등에 붙은 액괴가 기분 좋은 듯 두근거리고 있었다. 마치 무색의 커다란 심장 같았다. 나는 액괴를 손가락으로 살짝 찔러보았다. 눌린 자리가 폭 들어가면서 분홍색으로 물들었다가 도로 무색으로 돌아왔다.

　오염수를 먹고 자란 해파리의 변형이라는 이 액괴는 애초에 고집이 센 생물이라고 했다. 본성이 그렇단다. 일단 한번 자리를 잡으면 적어도 한 달은 떨어지지

않는다고 했다. 인간에게 붙어 반년이나 떨어지지 않은
사례도 있었다. 어느 대기업 사원은 액괴와 한 몸이 되
고서 일주일 만에 회사를 나와야 했다. 그는 사례 인터
뷰에서 안 그래도 일이 많아서 죽을 것 같았는데 차라
리 잘됐다고, 액괴의 좋은 점도 있다고 말했다. 그렇지
만 먹고살려면 돈을 벌어야 하잖아요, 기자가 묻자 그는
(아마도 이마를 긁적이며) 말했다.

"맞아요. 그게 바로 액괴의 나쁜 점이죠. 일을 해서
돈을 벌어야 하는데 일을 못 하게 해요. 하지만 그게 또
좋은 점이라니까요."

나는 그의 답변을 따로 적어두었다. 왠지 그럴 필요
가 있을 것 같았다.

다른 사례도 찾아보니 이불에 대한 예민한 반응이
몇 사람에게 공통적이었다. 액괴가 붙은 사람은 이불에
파묻히기를 좋아하는데, 덮고 있는 이불이 얼마나 부드
럽고 촉촉한지 신경을 쓰더라는 것이다. 다행히 강우는
기존에 쓰던 대나무 소재 이불에 딱히 불만은 없는 듯했
다. 그동안 액괴와 환자의 반응을 연구해온 생물학 교수
는 액괴에 쏘이면 환자 자신이 평소 억눌려온 불만을 드
러낼 때가 잦아진다고 주장했다. 아마도 이불에 대한 예

민한 반응은 그렇게 분류할 수 있는 걸까? 그렇다면 강우도 어딘가에 불만을 드러내게 되는 걸까?

*

"언니, 나 왔어요."

주말이 되자 강우 동생 강애가 문병을 왔다. 긴 머리에 좁은 얼굴은 여전했다. 회색 맨투맨에 크림색 진을 입었는데 품이 헐렁했다.

"이게 뭐야? 진짜 액괴네? 오빠, 괜찮은 거야?"

강우는 끙, 소리를 내면서 강애를 돌아보았다. 언제부터인가 그에게는 반가운 동생이 아니었다. 강우는 일년 전 회사를 그만둔 후 단기 아르바이트만 전전해왔다. 그런 처지를 알고도 강애는 돈을 달라며 강우를 찾아오곤 했다. 이번에도 액괴에 물린 오빠를 보러 온다는 핑계로 얼굴을 내밀었다가, 적어도 이십만 원쯤은 뜯어 갈 것이었다. 만약 강우가 돈이 없다 손사래 치면 나에게 빌려 가겠지. 그러나 그것은 빌려 가는 차원이 아니었다. 아무리 시간이 흘러도 갚지 않을 것이므로 갈취하는 것이라 해야 했다. 나도 이번에는 절대 안 된다며 다짐했다. 강우의 상태도 좋지 않은 데다 액괴를 떼어낼 때까지 정기적으로 병원에 다니려면 돈을 아껴야 했다.

"언니, 나 이십만 원만 꿔줘요. 금방 줄게."

역시 강애는 예상을 벗어나지 않았다. 나는 안 돼, 라고 말해야 했다. 강애 너도 정신 차리고 자립할 생각을 해야지, 언제까지 그렇게 구걸하면서 살 거야. 따끔하게 한마디 해야 했다. 하지만 이미 손은 지갑을 향해 뻗어가고 있었다. 오만 원권 넉 장이, 아니 다섯 장이 오른손에 들려 나왔다. 강애가 말한 액수를 딱 맞춰 주는 것은 또 야박하지 않을까, 쓸데없는 걱정을 하면서 갑자기 각박한 사회생활 좀 해본 언니라도 된 듯 오만 원을 더 얹어주었다. 강우가 뭘 그렇게 많이 주느냐 눈치를 보내며 나를 위아래로 훑었다. 강애는 새된 목소리로 언니, 고마워요, 하면서 돈을 향해 두 손을 내밀었다. 그때.

"싫어……요오……."

강우의 등이 말했다. 뭐?

"진짜…… 싫다……. 돈 주기 싫어……."

강우는 등을 돌렸다. 액괴가 초록빛을 내뿜으며 무섭게 보일 정도로 출렁거렸다. 강우가 고개를 돌린 채 변명하듯 말했다.

"내가 한 말 아니고, 이 녀석이 하는 거야."

강애는 눈을 끔뻑거리며 액괴를 쳐다보았다. 아마

도 액괴도 강애를 보는 듯했다. 어디에 눈이 달려 있는지는 몰라도 그것이 강애를 뚫어져라 보는 건 알 수 있었다. 동그란 윤곽에 말끔하게 들어가 있던 액괴는 흐물흐물 퍼지면서 달걀프라이 같은 모양으로 변해갔다.

"그래도 이건 내 돈이야."

강애가 내 손에서 돈을 낚아채는 바람에 지폐에 손끝을 베였지만 그런 데 신경 쓸 여유가 없었다. 액괴가 더 진한 초록빛으로 울렁거리면서 팔을 내밀듯 끈끈한 물질을 강애의 손으로 쏘아 보냈다. 그러더니 오만 원 다섯 장을 제 손 같은 것에 붙이고 자기 쪽으로 휙 가져왔다.

"돈!"

액괴가 기합을 넣듯 외쳤다.

"돈! 돈! 돈! 너한테 줄 수 없어!"

*

결국 강애는 돈을 돌려주지 않는 액괴의 모습에 질겁하여 도망치듯 떠났다.

다음 날, 나와 강우는 액괴를 진료하는 병원을 찾았다. 등에서 꿀렁거리더니 길쭉하게 몸을 늘려 돈을 낚아

챘다고 하자, 의사는 흔치는 않지만 나타날 법한 증상이라고 말했다. 간혹 사나운 액괴들이 숙주로 삼은 몸을 지키려고 그런 행동을 한다고 했다.

"이래서야 액괴가 떨어질 때까지 바깥 생활은 전혀 못 하겠네요."

의사가 껄껄 웃었다.

"액괴는 기본적으로 솔직한 생물이죠. 아마도 이 액괴는 환자분이 원하지 않는 상황이 되는 걸 지켜볼 수 없었나 보네요. 등에 밀착해 있으니 심장의 반응도 금방 알아낼 수 있었겠죠."

"혹시 이게 제 심장을 읽는 건가요?"

"그렇게 말할 수 있겠죠. 체온이나 심장박동을 읽어낼 만큼 고감도의 능력을 가진 생물이니까요."

의사의 말을 들은 강우는 고개를 갸웃거렸다.

"그러니까 액괴가 평소에 제 심장에만 묻어둔 뭔가를 꺼내 보여주는 겁니까?"

의사는 추측일 뿐이지만 그럴 수도 있지 않겠느냐 말하며 부지런히 진료 기록을 작성했다. 강우는 이마를 긁적이며 한참을 멍하니 있다가 의사에게 꾸벅 인사한 후 진료실을 나섰다. 미처 보조를 맞춰 뒤따라가지 못한 나를 보더니 의사는 고개를 내저으며 아무래도 대단한 놈이 붙어버린 것 같네요, 하면서 걱정이 된다는 듯 씁쓸한 미소를 지었다.

*

액괴가 붙은 이후로 혹시나 강우가 조금은 달라졌을까 싶었는데, 그것은 나의 기대일 뿐이었다. 잠이 들 때 역시나 강우는 등을 보이고 누웠다. 삼 년 전 동거를 시작한 이후 줄곧 강우는 내게서 등을 돌리고 잤다. 그게 어쩔 수 없는 습성인 걸 알면서도 다정하게 돌아봐주지 않는 게 항상 서운했다. 나는 우리가 잠이 들 때까지 서로 마주 본 채 시시한 이야기라도 나누길 바랐지만, 강우는 피곤한데 무슨 얘기를 하냐며 곧바로 잠이 들었다. 피곤하다는 사람을 붙들고 서운할 건 아니라는 생각이 들면서도 마음이 시리는 건 어쩔 수 없었다.

그래도 강우의 등에 붙은 액괴를 보고 있으니 조금은 덜 쓸쓸했다. 밤에 불을 끈 채 이불을 들춰 보니 액괴는 숨을 쉬는 듯 오르락내리락하며 여러 가지 빛을 내뿜고 있었다. 이불을 슬며시 들추자 액괴의 몸에서 나오는 영롱한 빛들이 천장 위에 펼쳐졌다. 강우가 잠들어 있는 동안 나는 액괴의 몸에서 발하는 그 빛을 하염없이 바라보았다.

"오로라 같아. 언젠가 북유럽 같은 데 가서 이런 걸 보고 싶었는데."

나는 강우가 깨지 않게 낮은 목소리로 중얼거렸다.

"북유럽? 거긴 너무 멀지 않아?"

그렇게 물어온 건 강우가 아니라 액괴였다.

"응? 액괴가 또 말을 하네?"

나는 대답해준 액괴가 기특해서 손가락으로 그것을 쓸었다. 끈끈해서 마찰이 살짝 일었다. 손가락에 닿은 액괴의 몸이 분홍색으로 변해 반짝거렸다.

"강우가 자고 있을 때도 심장에 있는 말을 꺼내 오는 거야?"

"글쎄, 그런 건가. 잘 모르겠어. 그런데 심장에 말이 있다는 표현이 좋네."

"그런 게 좋아? 너도 참 특이하네."

"응, 특이하지."

그렇게 말한 후 액괴는 장난스럽게 히히 웃었다. 귀여운 웃음소리였다.

"내 말이 재밌어?"

"재밌어, 계속 듣고 싶어."

나는 눈을 끔뻑이면서 액괴의 몸에서 번지는 빛들을 보았다.

"뭔가 위로가 되네."

"위로가 되었다니 영광이야."

나도 모르게 입가에 미소가 번졌다.

"그만 자렴."

나는 액괴를 손바닥으로 가볍게 두드렸다. 원체 몸이 끈끈하다 보니 손이 닿을 때마다 들러붙었지만 크게 불편하지는 않았다. 액괴는 으응, 하면서 몇 번 오르락내리락하다 천장으로 뿜어내던 오로라 빛을 거두고 무색으로 돌아가 잠이 들었다. 곧이어 나 역시 깊은 잠에 빠져들었다.

다음 날, 강우는 개운한 얼굴로 일어났다. 간밤에 좋은 꿈을 꾸었다고 했다. 나는 강우가 작년에 돌아가신 할머니라도 꿈에서 만난 건가 싶었다. 아마도 액괴가 강우의 심장에 담긴 기억을 건드려 꿈을 꾸게 한 건지도 몰랐다. 아침 식탁에서 강우는 두부가 들어간 뭇국에 밥을 한 공기 말아 천천히 먹었다. 지난밤 꿈을 복기하듯 생각에 빠진 얼굴이었다.

"무슨 꿈을 꾸었는데?"

내가 묻자 실실 웃으며 말했다.

"고 과장한테 한 방 먹이는 꿈을 꿨어. 어찌나 시원한지."

고 과장은 강우의 전 직장 상사였다. 강우를 노골적으로 괴롭힌 인물이었다. 매번 강우가 처리해야 할 프로젝트의 결재를 미룬 데다가 제대로 된 팀원을 붙여주지 않아 버거운 일들을 혼자 처리하게 만들었다. 신입 시절 회식 자리에서 그가 내민 술잔을 위염을 핑계로 거절한 일이 강우가 추정하는 괴롭힘의 원인이었다. 물론 처음에는 더 그럴듯한 이유가 있었겠지만 시간이 지나면서 강우를 그냥 싫어하게 된 것 같았다. 참다못한 강우가 직장 내 괴롭힘으로 신고했지만 고 과장의 동기인 인사팀장이 신고 자체를 반려했다. 고 과장에게 회유된 동료 직원들이 나서주지 않은 탓이었다. 직장 내 괴롭힘에 따돌림이 더해졌고, 결국 강우는 사직서를 제출했다. 일 년이 지났지만 강우는 여전히 어딘가에 소속되어 사람들을 마주하는 일을 두려워했다. 내가 조금만 날 선 목소리를 내면 금방 토라져버리기도 했다. 나 역시 고 과장의 괴롭힘이 강우가 위축된 원인이라고 생각했다.

"엊그제 강애가 왔을 때 느꼈던 건데, 그렇게 속 시원하게 말하니 좋더라고. 그래서 말이지, 고 과장을 만나서 강애한테 한 것처럼 해보는 건 어떨까 싶어."

"고 과장을?"

나는 놀라서 얼굴이 다소 일그러질 정도였다.

"만나서 솔직하게 말하고 싶어. 그래야 할 것 같아. 그 인간을 보기 싫다는 이유로 내가 좋아한 일을 그만둔 게 억울하거든."

그렇게 말하는 강우의 등 뒤에서 길고 얇은 물질이 솟아났다. 흐늘거리는 액괴의 팔이 마치 강우의 말을 지지하는 듯했다. 나는 시간을 확인하고서 아직 고 과장이 출근 전일 테니 빨리 움직이면 회사 앞에서 그를 만날 수 있을 거라고 했다. 강우는 알겠다며 수저를 내려놓았다. 그러더니 쏜살같이 옷을 챙겨 입었다. 나도 겉옷을 대충 챙겨 입고 헝클어진 머리에 비니를 눌러쓴 후 강우를 따라나섰다.

여덟시 삼십오분. 고 과장은 회사 로비에서 강우에게 붙잡혔다. 정확히 말하자면 액괴가 고 과장의 머리카락을 붙들고 놓아주지 않았다. 더 정확히 말하자면, 고 과장의 가발을 벗겨내고 얼마 남지 않은 머리숱 사이를 파고들어 그 맨머리에 끈끈한 물질을 밀착시킨 후 강우 쪽으로 끌어당겼다. 고 과장은 회사 사람들이 볼 테니

건물 밖으로 나가자 했다. 우리는 회사 뒤편에 마련된 흡연 구역으로 갔다. 철야 근무를 한 듯한 직원 몇몇이 흐릿한 안경알 너머로 우리를 힐끔거리다가 담배를 비벼 끄고 자리를 비켜주었다.

"이십 분 안에 말해. 그러지 않으면 지각이야."

액괴에게 돌려받은 가발을 머리에 엉성하게 쓰며 고 과장이 툴툴댔다. 강우가 고 과장 앞에 선 채 물었다.

"저한테 왜 그러셨어요?"

"내가 뭘 어쨌다는 거야? 이미 회사에서 판단을 내린 일 아닌가? 그리고 자네가 스스로 회사를 떠났는데, 그건 내 책임이 아니지."

"왜 괴롭히셨냐고요? 정말로 회식 때 그 일 때문에 그러셨어요?"

"뭐라고? 내가 고작 그런 일을, 그러니까 자네가 15도짜리 소주가 담긴 술잔을 받지 않겠다며 버티면서 나를 무안을 주긴 했지만 그래도 내가 너그럽게 넘어갔던 그 여름 저녁의 일을 마음에 두고서 자네를 괴롭혔다는 건가? 정말 그렇게 생각하는 거야?"

고 과장이 어이가 없다는 투로 고개를 내저었다. 나로서는 강우보다 더 자세하게 그날의 일을 기억하는 고 과장이 더 어이가 없었다. 그 순간 갑자기 착 하는 소리가 나더니 강우의 등에서 액괴가 긴 팔을 빼 들고 고 과장의 볼에 달라붙었다.

"도대체 뭐 하는 거야? 이 이상한 건 다 뭐냐고?"

"진실을 말해……. 그러지 않으면 볼을 터뜨려버린다……."

액괴는 시범을 보이듯 고 과장의 두툼한 볼을 마구 주물러댔다.

"무슨 진실을 말하라는 거야?"

"당신이…… 해야 할 말……."

"그런 거 없으니까 그만 가보라고."

액괴의 팔에 힘이 들어가더니 고 과장의 얼굴이 붉게 달아올랐다.

"아프잖아!"

고 과장의 왼쪽 눈가에 눈물이 고였다.

"알았어. 뭐가 진실인지는 몰라도 말하면 될 거 아닌가."

액괴의 팔이 떨어지자 고 과장이 두 손으로 볼을 덮었다. 혹시라도 또 액괴에게 볼을 붙잡힐까 걱정하면서.

"사직서를 낼 줄은 몰랐다고."

"아니요, 아셨을 거예요. 어떻게든 제가 망가지게 될 걸 알았잖아요."

고 과장은 고개를 떨군 채 입을 다물었다.

"원하시는 대로 저는 좋아하던 일도 잃었고, 이제는 사람들도 피하게 되었어요."

나는 강우의 등 뒤에서 액괴가 발갛게 울렁거리는 모양을 지켜보고 있었다. 방금 한 말이 강우의 입에서 나오는 것인지 액괴가 내보내는 것인지 구분되지 않았다. 어쨌거나 강우의 심장에서 뻗어 나온 말이었고, 듣고 있자니 내 마음이 다 쑤셨다. 이 정도면 고 과장도 깨달았을까. 그에게 미안하다고 말하려나.

"그래! 그런데 내가 뭐, 자네를 때리기라도 했나? 다들 그 정도는 하면서 사는 거잖아. 자네가 그렇게 약한 걸 내가 어떻게 해줄 수는 없지 않나. 버텨야지, 다들 그렇게 하는데."

그 순간 액괴의 팔이 길게 늘어났다.

"그럼…… 버텨보든가…….'"

그러더니 고 과장의 얼굴을 향해 액괴의 팔이 날아갔다. 으아악. 겁에 질린 남자의 비명이 귓속을 날카롭게 파고들었다. 나는 눈을 질끈 감았다가 떴다. 액괴의 팔이 고 과장의 얼굴에서 조금 떨어진 채 멈춰 있었다. 고 과장이 안심한 듯 숨을 내쉬는 순간 액괴는 다시 팔을 쳐들고 고 과장을 내리치려 했다. 으아아아아악. 이번에는 더 긴 비명이 들렸다. 나는 귀를 막았다. 이번에도 고 과장은 무사했다. 사실 비명만 요란했지 무슨 일이 일어났다고 볼 수는 없었다. 그때 고 과장의 회색 정장 바지가 축축하게 젖어갔다. 고 과장은 바닥에 주저앉아버렸다. 강우는 고 과장을 안타까운 듯 내려다보았다.

"제가 과장님을 때리기라도 했나요?"

고 과장은 허탈한 얼굴로 땅바닥을 멍하니 내려다보며 넋이 나간 듯 중얼거렸다.

"이거랑 그건 다르잖아."

그 순간 액괴가 졸아들어 있던 팔을 쑥 뻗어 고 과장의 이마를 가볍게 때렸다.

"다르지 않아……. 멍청아……."

*

강우가 고 과장에게 출근 시간이 다 되었으니 바지나 말리고 들어가라 했지만, 그는 침울한 표정으로 재떨이가 된 화분 옆에 말없이 앉아 있기만 했다. 아홉시 이십분. 고 과장은 강우에게 고개를 숙이며 "미안하네"라고 조그맣게 웅얼거렸다. 고 과장이 등을 돌려 터덜터덜 회사로 들어가는 동안 강우는 소매를 끌어당겨 눈가를

찍었다. 그러면서 꿈으로 꾼 것보다 훨씬 상쾌한 기분이라고 했다.

그날 밤 강우는 또다시 내게 등을 돌리고 잠이 들었고, 덕분에 나는 액괴와 마주 본 채 대화를 이어갈 수 있었다. 액괴는 지난밤보다 조금 줄어든 듯했다. 나는 손지름으로 액괴의 크기를 쟀다. 한 뼘 정도가 되었다.

"네가 그런 꿈을 꾸게 한 거지?"

"숙주가 잠들어 있는 동안 심장을 조금 파먹었을 뿐이야. 티도 나지 않게 아주 조금."

"그러다가 강우의 심장을 다 먹어버리는 거 아니야?"

"그렇게 되려면 백만 년은 걸리겠지."

나는 잠시 고민한 후 액괴에게 물었다.

"오늘은 무슨 꿈을 꾸게 할 거야?"

"마음에 응어리진 꿈. 얼려놓은 꿈."

"그게 뭐야?"

"그런 게 있어."

"내 마음에도 있을까?"

"아마도?"

"그러고 보면 너도 상당히 피곤할 것 같아."

"아무래도 그렇지. 아, 나 그거 해줄래? 어제 내 몸을 이렇게 토닥거렸잖아."

나는 액괴의 몸을 다독거렸다.

"이렇게 해달라는 거야?"

"응, 몸이 따뜻해지면서 잠이 와."

"사실 난 강우랑 이렇게 지내고 싶어. 그런데 강우는 절대 내 쪽을 보고 잠들지 않아. 강우랑 다정하게 대화하다가 잠드는 게 내 소망이거든. 별것도 아닌데 왜 이렇게 힘들까?"

"시간이 걸릴지도 모르지. 그래도 이 심장에는 달콤한 것들이 있어. 떼어 먹을 때마다 아주 맛있거든."

"정말로 심장을 뜯어 먹는 거야?"

"그렇게 많이 먹지는 않아. 한 번에 먼지 한 톨만큼 먹는달까. 혹시 원한다면 하룻밤 만에 다 뜯어 먹어줄까? 이 녀석이 또 등을 돌리고 자고 있으니 괘씸해서 말이야."

"괜찮아, 너랑 얘기하면서 마음이 풀렸어."

"나랑 얘기하는 걸 좋아해주니 나도 좋아."

나는 손을 들어 액괴의 몸을 천천히 다독였다.

"이번에는 좋은 꿈을 꾸도록 해."

"으응……."

액괴는 이미 잠들었는지 더 이상 대답하지 않았다. 조용한 가운데 강우의 옅은 숨소리만 들려왔다.

다음 날, 아침 식탁에서 강우는 또 꿈을 꾸었다고 했다. 이번에도 후련한 얼굴이었다. 어떤 꿈을 꾸었느냐 물었더니, 달걀프라이 한 장을 입에 욱여넣은 채 우물거리며 말했다.

"고등학교 때 복도에서 나한테 발을 걸었던 애가 있는데, 꿈에서 나한테 사과하더라. 그러고 보니 그때 걔가 제대로 사과도 안 하고 얼렁뚱땅 넘어갔거든."

강우는 턱을 들어 희미하게 남아 있는 켈로이드 흉터를 보여주었다.

"이게 그때 넘어지면서 생긴 거야. 난 평생 이런 흉터를 얻게 되었는데, 그 애는 장난이라면서 넘어가버렸어. 가끔 생각이 날 때마다 아직도 화가 끓어."

얼마 전 강우는 인스타그램을 뒤져보다가 그 애가 친구랑 동업 형태로 디저트 가게를 열었다는 걸 알아냈다면서 오늘은 그곳에 가봐야겠다고 했다.

"또 누굴 찾아간다는 거야?"

나는 강우를 말리려 했지만, 그 뒤에서 분홍빛의 얇은 팔을 들어 올린 액괴는 흐물거리며 춤을 추었다. 강우가 밥 한 숟가락을 거의 씹지도 않고 삼킨 채 일어나더니 겉옷을 찾았다. 나도 부랴부랴 그를 따라 일어섰다. 강우의 얇은 외투의 등판 위로 동그랗게 퍼진 액괴의 모양이 그대로 드러났다. 액괴는 자신이 이동할 수 있는 반경 안에서 꿈틀거리며 신이 난 듯 움직였다.

강우의 동창이 운영하는 디저트 가게는 지하철을 타고 두 번이나 환승한 후 버스를 타고 들어가야 할 정도로 도심에서 꽤 떨어진 곳에 위치했다. 그런데도 매장에는 자리가 없을 정도로 사람이 꽉 차 있었다. 다들 입소문을 듣고 찾아온 듯했다. 바클라바, 로쿰, 백앙금 딸기 찹쌀떡, 메이플시럽을 끼얹은 바나나 팬케이크 등 달달하기로 둘째가라면 서러울 디저트들이 매장의 진열장을 채웠다.

그 동창의 이름은 진우라고 했다. 강우, 진우. 어쩐지 비슷한 이름이다 싶었지만, 외형은 전혀 달라서 둘을 혼동할 일은 전혀 없을 듯했다. 강우는 제법 얇은 체형이었다면 진우는 퉁퉁한 체형이었다. 원래도 몸집이 두꺼웠는데 운동을 많이 한 탓인지 더욱 두툼해진 것 같다고 강우가 몰래 속삭였다. 그가 손을 들어 살짝 밀치기만 해도 강우가 쓰러지지 않을까 싶을 정도로 완력도 좋아 보였다.

"강우? 아, 너 이름이 강우였냐? 얼굴은 얼핏 기억이 나네."

진우는 강우를 대놓고 무시했다. 원체 상대를 가볍게 대하는 버릇이 든 것 같았다. 나를 지나치면서는 인사조차 건네지 않고 쳐다보기만 했다. 나도 지지 않고 그 눈을 쏘아보았다.

"여기서 이러지 말고 잠깐 밖에 나가서 얘기하자."

강우가 매장 밖으로 나가자 했지만 진우는 팔짱을 낀 채 상관없다고 말했다. 강우는 이리저리 눈치를 보다가 진우를 끌어내는 일이 쉽지 않으리라 판단한 것인지 그 자리에 서서 할 말을 전했다.

"예전에 네가 나한테 발을 걸어서 넘어진 적이 있어. 이건 그때 생긴 흉터야. 그때 네가 제대로 사과하지 않은 걸 잊지 않았거든. 늦었지만 이제라도 사과를 받고 싶어."

진우가 픽 웃으며 고개를 기울였다.

"난데없이 무슨 사과를 하라는 거야?"

"그것만이 아니야. 항상 이렇게 사람을 면전에서 무시했어. 종례 때 담임이 공지한 걸 깜빡 듣지 못하고 너에게 물었더니, 내가 보이지도 들리지도 않는 것처럼 다른 데만 보더라. 여섯 번이나 연속해 물었는데도.”

“여섯 번? 그런 걸 일일이 세고 있었다는 거야? 뭐, 그렇게 소심한 인간이니까 말도 안 되는 걸로 시비 털러 온 건가 싶기도 하네. 어릴 때 장난 좀 친 것 갖고 물고 늘어지지 마.”

강우의 얼굴이 점차 시뻘겋게 달아올랐다. 그때.

“싫은데…….”

액괴의 목소리였다. 이제 강우의 심장 속 말이 튀어나올 차례인가. 나는 강우 뒤로 물러섰다. 액괴가 둥글고 빠르게 회전하더니 외투 목깃을 뚫고 긴 팔을 내보였다. 이래서 밖에서 얘기하자는 거였는데.

“물고 늘어지고 싶은데……. 그러고 싶은데…….”

그제야 진우는 상황을 알아차린 듯했다.

“뭐야, 이거? 혹시 그 액괴 같은 건가? 요즘 난리 치고 다니는 괴생명체?”

진우는 강우의 멱살을 잡아끌어 밖으로 밀어내려 했다. 그러나 강우가 밀려나기 전에 액괴의 팔이 진우를 휘감았다. 진우는 그대로 꼼짝없이 결박당했다. 손님들이 동요하며 자리를 뜨려는 통에 매장 안은 더욱 소란스러웠다.

“다 잊어버렸는데 뭘 어쩌라는 거야.”

"아……. 잊는 건…… 네가 가질 수 있는 권한이 아니잖아……."

액괴는 진우를 풀어준 후 스르륵 움직여 진열장 문을 열었다. 그리고 끈끈한 물질을 최대한 펼쳐서 디저트를 그 안에 쓸어 담았다. 액괴는 그것들을 진우의 입가에 가져갔다. 그리고 꾹 다물린 입술 사이로 마구 밀어 넣었다. 바클라바, 로쿰, 백앙금 딸기 찹쌀떡, 메이플시럽을 끼얹은 바나나 팬케이크가 계속 진우의 입속으로 들어갔다. 우웩, 하면서 뱉어내려는 진우의 입을 액괴는 끈끈한 물질로 막아버렸다. 시간이 얼마나 흘렀을까. 진우의 얼굴이 창백해졌다. 그제야 액괴가 그에게서 떨어지며 말했다.

"아……. 장난이었어……. 장난이었고…… 난 벌써 잊어버렸으니까…… 사과할 필요는 없지?"

그 말을 듣고 격분한 진우가 입에 담긴 것을 퉤 뱉어버렸다. 나도 모르게 달려 나가 액괴에게 침 묻은 음식물이 묻지 않도록 몸으로 막았다. 덕분에 내 어깨가 축축하게 녹아내린 음식물로 더러워졌다.

"다들 그만 좀 해!"

눈살을 찌푸린 채 주위를 둘러보니, 진우는 입을 틀어막았고 강우도 눈만 끔뻑거린 채 멈춰 서 있었다. 액괴는 허공에서 하늘거리던 팔 길이를 한껏 줄인 채 얌전한 척을 했다.

*

당시 가게에 있던 손님들이 액괴가 나타난 것과 진우가 강우 앞에서 머리를 조아리는 영상을 찍어 SNS에 올리는 바람에 디저트 가게에 대한 평판이 뚝 떨어졌다. 그런 까닭으로, 진우는 강우를 고소한다고 으름장을 놓았다. 경찰은 영상을 돌려보면서 강우는 가만히 서 있을 뿐 그 등에 달라붙은 액괴가 행위를 한 것이니, 굳이 따지면 강우가 아닌 액괴를 상대로 고소를 진행해야 할 거라고 설명했다. 그러나 액괴는 법적 주체로서 영향을 받을 수 없으므로 고소의 대상이 되지 못했다. 물론 사후 약방문 격으로 액괴 따위 괴생물체의 폭력 행위에 대한 제재 법안을 마련하겠다는 등 국회 논의가 이루어진다고 해도, 일단 강우가 책임질 일은 없을 것이 분명했다.

디저트 가게에서 한바탕 난리를 치고 온 날, 다시 액괴를 살펴보니 전보다 크기가 작아진 것 같아 손으로 길이를 재보았다. 거의 삼 분의 일이 줄어 있었다. 다음 날, 곧바로 의사를 찾아갔다. 강우가 그동안 일어난 일을 설명했다.

"에너지를 많이 쓴 모양이군요. 이런 식이면 금방 사라질 겁니다."

의사는 걱정 말라는 듯 강우의 어깨를 가볍게 두드렸다. 강우는 액괴 덕분에 여러모로 마음이 홀가분해졌다면서 헤실헤실 웃기만 했다. 그러면서 도움을 받고 있긴 해도, 이런 걸 언제까지 등에 붙이고 살 수는 없지 않느냐 말했다. 나는 그런 강우 옆에 선 채 우울한 기분이 드는 걸 어쩔 수 없었다. 어둠 속에서 액괴의 영롱한 빛을 더 이상 볼 수 없다고 생각하면 벌써 쓸쓸해졌다.

"완전히 제거하려면 어떻게 해야 할까요?"

강우가 의사에게 물었다.

"글쎄요. 아무래도 환자분 마음에 깊이 남아 있는 걸 한 번 더 건드리면 될 것 같으니, 그게 무엇인지 잘 찾아봐야겠죠. 그런 다음에는 말끔히 사라질 수도 있겠는데요."

집에 돌아온 후 강우는 자기 마음에 남아 있는 것이 무엇일지 곰곰 생각했다. 그렇지만 금방 답을 찾지 못했다. 며칠 동안 액괴는 그 자신도 사라지고 싶지 않다는 듯 강우에게 꿈을 보여주지 않았다. 그저 밤마다 이불을 들추고 속삭이는 나를 향해 따뜻한 손으로 다독거려달라며 칭얼거리기만 했다.

"아직은 더 있고 싶어…….."

"지금은 기력을 회복해야지."

"이게 내 운명이야. 언제까지 인간 몸에 붙어 있을 순 없지."

"어떻게 안 되는 걸까?"

"아마도 안 될 거야. 슬퍼지려 하네."

"왜?"

"내가 떠나면 넌 이 녀석의 차가운 등을 보게 될 거잖아. 그런 걸 생각하면 기분이 별로야."

나는 말없이 오랫동안 액괴를 바라보았다. 어쩌면 액괴도 나를 바라보는 듯했다. 혹시 지금 액괴가 하고 있는 말은 강우의 심장 깊은 곳에 남아 있는 다정한 말인 걸까. 액괴가 숙주로 삼은 인간이 잊고 있던 따뜻한 말인 걸까.

"일단 자. 푹 자고 일어나서 생각하자."

나는 액괴가 잠들 때까지 그를 다독거리며 달랬다. 액괴에게 자장가라도 불러주고 싶었지만 강우가 잠에서 깰까 봐 속으로만 노래를 불렀다. 그런데도 액괴는

그걸 들었는지 "어……. 듣기 좋네……"라며 잠꼬대인
듯 웅얼거렸다.

*

강우의 마음에 꽁꽁 숨어 있는 게 무엇인지 알아내
는 데 제법 시간이 걸렸다. 전혀 예상치 못하게도 강애
의 도움을 받았다.

"마음에 묻어둔 거? 뭘 그렇게 어렵게 찾아. 오빠 첫
사랑 아니야?"

그러면서 강애는 내 눈치를 봤다. 사실 강애는 SNS
에서 이슈가 된 액괴 영상을 보고 액괴의 팬이 되었다는
둥 핑계를 대며 우리 집을 다시 찾아온 터였다. 그 말이
지어낸 것 같지는 않았다. 강애는 강우의 등에 붙은 액
괴를 동영상으로 촬영하며 실실거렸다.

"언니, 얘가 은근히 인기가 많아요. 언니도 사라지
기 전에 사진이든 영상이든 많이 남겨둬요. 이렇게 펄떡
거리면서 반짝이는 거 정말 예쁘지 않아요?"

'예쁘죠. 그러니까 그만 찍어요, 나만 간직할 거니
까……'라고 말하고 싶은 걸 참아야 했다. 강애는 액괴
사진을 여러 장 찍어 나에게도 전달했다.

"뭔가 아련하지 않아요? 진짜 아름다워요?"

　강애는 액괴의 외모에 홀린 듯 손으로 턱을 바치고 한참을 바라봤다. 그렇구나. 나는 문득 깨달았다. 액괴는 아름다운 것이구나. 나에게만 영롱하고 귀한 존재로 보이는 게 아니구나. 강애는 할 수 있다면 자기 몸에도 액괴가 붙으면 좋겠다고 말했다. 강애가 손가락을 뻗어 액괴를 건드릴 때마다 액괴는 싫은 듯 시뻘겋게 변했다가 무색으로 돌아오기를 반복했다.

　"강우 첫사랑이 누구였는데요?"

　나는 강애가 액괴에게서 눈길을 떼주기를 바라며 화제를 돌렸다.

　"아마도 중학교 때였나? 같은 반 여자애였는데 엄청 예뻤어요. 그냥 만인의 연인."

　강우가 민망한 듯 목덜미를 긁적거렸다. 그렇다고는 해도 강애에게 그만하라 다그치는 제스처를 보이지 않았다. 더 이상 과거의 짝사랑을 부끄럽게 여기지 않는 걸까. 아니면 액괴가 붙어 있는 강우는, 자신의 마음을 숨기는 행동은 하지 못하게 된 걸까. 그러니까 강우는 누구의 입에서든 그 여자애 소식을 듣고 싶어 숨죽여 기다리는 건 아닐까.

　"내가 좀 알아봤는데. 그 언니 지금 이 근처에서 일

해요. 진짜 놀랍지 않아요? 고등학교 때 전학 가고, 대학은 다른 지방으로 가고, 취직은 또 다른 지역에서 했는데 어떻게 이렇게 만나요? 이거 운명 아니야?"

강애는 들뜬 탓에 실언을 하고 말았다는 듯 손으로 자기 입을 때렸다. 일자리를 찾아 특정 지역으로 흘러드는 건 대다수 청년의 인생 경로니 이걸 딱히 운명이란 말로 포장할 필요는 없겠지만, 그렇게 생각하면서도 기분이 좋지는 않았다.

"그래서?"

강우가 어려운 듯 무겁게 입을 열었다.

"어디를 가야 만날 수 있어?"

이번에도 강애는 내 눈치를 보느라 눈알을 굴리며 머뭇거렸다. 내가 괜찮다고, 강우가 회복하려면 그 여자를 한번 만나봐야 하지 않겠느냐 말했더니 곧바로 맞장구를 치며 그 여자의 SNS 계정을 보여줬다.

"여기서 일하는 것 같아요."

계정을 공식적으로 활용하는 것인지 프로필 소개에 소속이 드러나 있었다. 사무실 번호까지 올려놓은 것을 보니 회사 영업을 적극적으로 하는 사람인 듯했다. 누가 말리기도 전에 강애가 전화를 걸었다.

"여보세요? 이현아 씨 전화 맞나요?"

그 순간 강우의 등에 찰싹 붙어 미동도 없던 액괴의 몸이 온통 분홍빛으로 물들어 울렁거렸다. 그건 마치 간지러운 설렘으로 가득 찬 강우의 심장 같았다.

*

강우는 혼자 다녀오겠다고 했다. 지난번보다 액괴가 상당히 줄어든 덕분에 강우는 더워지는 봄날에 어울리는 얇은 셔츠와 평소 아끼던 청바지를 입었다. 저녁에 쌀쌀해질 수도 있다면서 카디건까지 챙겼다. 설마 저녁까지 돌아오지 않을 계획인 걸까. 궁금하면서도 물어볼 수 없었다. 강우는 첫사랑을 만난다는 설렘을 얼굴에서 감추지 못한 채 집을 나섰고, 나는 베란다 창으로 그 뒷모습을 좇다가 검은 트렌치코트를 잽싸게 걸친 후 강우를 뒤따라갔다. 아무래도 강우와 동행하는 게 나을 것 같다고 생각했다. '혹시라도 갑자기 액괴가 난동을 부릴 수 있으니까……. 그런 경우에 상황을 정리할 사람이 필요할 테니까……' 하는 건 순전히 나를 위한 핑계였고, 그냥 궁금해서 견딜 수 없었다. 나는 종종걸음으로 강우를 좇아갔다. 그러다가 강우를 놓치면 그 셔츠를 뚫고 흘러나오는 액괴의 푸른빛을 찾아내 얼른 그쪽으로 걸음을 옮겼다.

　강우가 도착한 곳은 한적한 카페였다. 약속 시간보다 먼저 도착했는지 이현아의 모습은 아직 보이지 않았다. 나는 카페 창가 자리가 보이는 도로 맞은편 벤치에 앉아 눈을 찌푸렸다. 거리가 상당히 떨어져 있어서 카페에 앉은 사람이 선명하게 들어오지는 않았다. 그렇지만 의자 등받이에 액괴가 눌릴까 봐 허리를 꼿꼿이 세우고 앉은 강우의 실루엣은 뚜렷했다. 그런 강우 앞에 한 여자가 도착했다. 아마도 이현아인 것 같았다.

　그들은 이십여 분 정도 차를 마시고 담소를 나눈 후 밖으로 나왔다. 나는 트렌치코트의 깃을 세워 얼굴을 반쯤 가리고 그들을 따라갔다. 왜 이렇게 비밀스럽게 움직이는지 나 자신도 모를 일이었지만, 범죄 현장을 덮치기 위해 추적하는 형사라도 된 것처럼 가슴이 떨렸다.

　강우와 이현아는 벚꽃이 흐드러지게 피어난 작은 공원에 멈췄다. 벚꽃잎에 흩날리는 그 공원은 우연히 첫사랑을 마주치기에 안성맞춤인 낭만적인 장소처럼 보였다. 나는 숨을 들이쉬고서 두꺼운 가로수 옆에 몸을 숨겼다. 가만히 고개를 돌리고 귀를 기울이니 두 사람의 대화가 들려왔다.

"실은 내가 액괴에게 물렸어. 얼마 살지 못할 거야."

강우는 뜸을 들이더니 그런 말을 내뱉었다. 세상에. 나는 두 손으로 입을 막았다. 강우가 거짓말을 하고 있었다. 그럴 수 있는 건가? 강우는 지금 액괴의 영향을 받아 심장에 있는 말만 꺼내놓을 수 있는 것이 아니었나? 이현아는 금방이라도 눈물을 떨굴 것처럼 미간을 좁히고 강우를 보았다.

"그런 거였어? 어쩌면 좋니. 내가 도울 일은 없을까?"

강우는 체념한 듯 고개를 숙였고, 그때 강우의 목뒤로 푸른색 물질이 길게 올라왔다. 액괴였다. 이현아는 놀라서 입을 다물지 못했다. 액괴는 잠시 이현아를 보는 듯 끈적한 팔을 허공에서 흐느적거리다가 강우의 입술에 들러붙었다. 강우가 끅끅거리며 괴로워했지만 액괴는 풀어주지 않았다.

"말을 이상하게 하네……."

"무슨 짓이야!"

이현아가 강우의 입술에서 액괴를 떼어내려 애썼지만 허사였다. 그럴수록 액괴는 더 강하게 입술을 잡았다.

"내가 심장에서 나온 말이야……. 내 말을 들어야

해……."

액괴의 호소하는 목소리가 상당히 애절했다. 이현
아는 의심스러운 눈초리로 액괴를 훑어보면서 한발 물
러섰다.

"얼른 강우한테서 떨어져. 이러다가 정말 죽으면 어
떻게 하려고."

"인간은 다 죽어……. 너도 죽어……."

목덜미에 소름이 돋는 말이었지만 그게 거짓은 아
니었다.

"오래전에 고백하지 못하고 헤어져서 아쉬웠다
고……. 그래서 그냥 죽기 전에 한 번은 만나서 털어놓
고 싶었다고……."

"얘 정말 죽는 거야?"

이현아는 울상이 되었다. 그래도 눈물을 흘리지는
않았다. 내가 보기에는 상식적인 반응 안에서 강우를 안
타까워할 뿐이었다.

"언젠가는 죽지……. 사오십 년쯤 지나면 죽지 않을
까 싶은데……. 인간의 수명이 딱 떨어지지 않아서……."

"뭐야? 얼마 못 산다는 말은 거짓이었어?"

"사오십 년은 그리 길지 않잖아……. 딱히 거짓말
은 아닌데……."

이현아는 허리를 숙이고 무릎을 탁탁 털더니 굳은 얼굴로 강우를 쏘아보았다. 여전히 액괴에게 입술이 잡혀 아무 말도 못 하는 강우가 고개를 흔들었다. 변명을 하려고 해도 말을 할 수 없었다. 이현아는 한심하다는 듯 강우를 훑어보더니 차갑게 돌아섰다. 그런 이현아의 등 뒤에 대고 액괴가 중얼거렸다.

"잘 가…… 다시 보니까 예전만큼 예쁘지는 않네……"

그렇게 강우는 진심을 다 털어놓았고, 그제야 액괴는 강우의 입술을 풀어주었다. 나중에 집에 돌아온 강우는 이보다 더 속이 후련한 적이 없다고 말하면서도, 한편으로는 쓸쓸해 보이는 얼굴이었다. 그 후 이틀 동안 강우의 입가에는 액괴에게 잡혀 있던 자국이 동그랗게 남아 있었다.

*

의사의 말대로 액괴는 거의 사라질 것처럼 졸아들었다. 이제는 주먹만큼 작아졌다. 그래도 여전히 밤이 되면 영롱한 빛을 내뿜으며 천장을 무지갯빛으로 물들였다. 다만 예전에는 천장 전체를 배경 삼아 찬란한 빛의 퍼포먼스를 보여주었다면, 이제는 내 주먹만 한 면적으로 줄어서 장식용으로 쓸 법한 수정 구슬 크기로 아련하게 빛났다. 그래도 나는 좋았다. 액괴가 행복한 듯 빛나고 있어서. 밤이 되면 우리가 조용히 둘만의 이야기를 나눌 수 있어서.

"이렇게 작아도 괜찮으니까 오랫동안 나랑 얘기해. 사라지지 마."

"나도 그러고 싶어."

액괴는 다른 말은 이어갈 수 없을 정도로 힘이 약해진 모양이었다.

"뭘 어떻게 해야 하는 걸까?"

"이제 어떻게 못 하겠지."

나는 눈물이 그렁그렁한 채 액괴를 보았다. 베개 위로 눈물이 흘러내려 관자놀이 부근이 차가웠다.

"네가 사라지면 정말 심심할 거야. 그러니까 여기 있어줘."

"괜찮을 거야. 그러니까 불안해하지 말고, 나를 다독여줘."

나는 액괴를 재울 때마다 그래온 것처럼 손으로 부드럽게 그 몸을 토닥거렸다. 끈끈하던 감각도 사라져 이제는 손바닥에 붙지도 않고, 밀가루라도 묻혀놓은 듯 보드랍기만 했다.

"따뜻하고 아늑해."

"그러니까 어디 가지 말고 나랑 있어."

"그럴 거야. 너랑 떨어지지 않을 거야."

그렇게 말하더니, 액괴는 스르륵 몸을 얇게 펼치면서 내 손등을 감쌌다. 그러면서 천천히 강우의 등에서 떨어지려 했다. 움푹 들어간 등허리에 밀착된 한 점이 꽤 끈끈히 붙어 있었지만, 액괴가 힘을 주어 몸을 끌어당기자 톡 하고 떨어져 나왔다. 그런 후 액괴는 내 손바닥으로 동그랗게 몸을 굴리며 손안에 꼭 들어오는 모양으로 안착했다. 나는 손을 얼굴 가까이 들어 올렸다.

"이제부터 잘 봐……."

액괴는 이제껏 한 번도 내보인 적 없는 밝은 노란빛을 내뿜으며 말했다. 마치 작은 별이 내 손에 들어온 듯했다.

"난 사라지는 게 아니야. 네 심장으로 스며드는 거야. 그럼 영원히 따뜻하고 아늑할 거야. 난 이 손이 정말 좋아. 작고 따뜻한 심장이야. 언제까지나 좋아해. 떨어지지 않을 거야."

나는 허리를 세우고 일어나 두 손으로 액괴를 받쳐 들었다. 노란빛을 강렬히 발산하며 서서히 줄어드는 액괴의 모습을 한순간도 빠짐없이 지켜보았다. 액괴는 망고 젤리처럼 졸아들다가 순식간에 빛을 꺼뜨리며 손안에서 사라졌다. 액괴가 사라진 자리는 온기가 남아 따뜻했다. 나는 두 손을 꼭 쥐었다. 그리고 서서히 잠이 들었다. 꿈에서 액괴를 다시 보았다. 한 번 더, 좋아해, 라는 말을 들었다. 누가 나를 좋아해주는 거 오랜만이구나, 하고 생각하는 동안 액괴의 고백이 내 심장을 따뜻하게 데워갔다.

*

액괴가 사라진 후 강우는 새 일자리를 구했다. 고 과장이 소개해준 회사였다. 스마트폰에서 카드 단말기 기능을 사용할 수 있게 만든 애플리케이션을 개발한 회사였는데, 강우는 입사 초인 만큼 가맹점을 확보하느라 정신이 없었다. 그래도 제법 빠르게 새로운 사람들 속에 익숙해졌고, 무엇보다 좋아하던 분야의 일을 다시 하게 되어 열의가 넘쳤다.

나는 가끔 밤중에 잠에서 깨어 등을 돌리고 잠든 강 우를 흔들어 깨웠다. 그리고 등 돌리지 말고 나를 보고 자라고 말했다. 그럴 때마다 강우는 자는 사람한테 귀찮게 그런 부탁을 왜 하느냐면서도 자세를 바꿔 내 쪽을 바라보았다. 그러고 일 분도 지나지 않아 옅게 코를 골며 도로 잠이 들었다. 이 분도 지나지 않아 원래의 자세로 돌아갔다. 그러면 나는 강우의 등을 보면서, 언젠가 그 등에 붙어 있던 액괴를 떠올렸다. 그런 채로 두 손을 꼭 쥐면 귓가에 "좋아해"라는 목소리가 들려오는 듯했다. 그럴 때마다 나는 작은 젤리처럼 졸아든 별 모양의 액괴를 떠올렸고, 이상하게도 손을 꼭 쥐고 있으면 잠이 잘 왔다. 마음이 시리다가도 금방 데워졌다. 누군가 부드러운 손길로 나를 다독이는 것처럼 따뜻하고 아늑한 밤이, 꿈에서나마 영원토록 이어졌다.

내가 사는 피부

서
이
제

서울예술대학교 영화과를 졸업하고, 2018년 문학과사회 신인문학상을 수상하며 작품 활동을 시작했다. 소설집 『0%를 향하여』『낮은 해상도로부터』『창문을 통과하는 빛과 같이』 등을 펴냈다. 젊은작가상, 오늘의 작가상, 김만중문학상, 이상문학상 우수상을 수상했다.

한 꺼풀

　고속도로에 진입하자 어두운 도로가 끝없이 이어졌다. 늦지 않게 도착할 수 있을까. 갈 길이 멀게 느껴졌다. 담배라도 한 대 태우고 싶었지만 그럴 만한 여유는 없었다. 나는 초조한 마음에 액셀을 더 세게 밟았다. 운전대를 잡은 손에서는 자꾸만 땀이 났다.

　"얼마나 더 버텨줄지 모르겠어요."

　가는 동안 다른 스태프들과 짧게 연락을 주고받았다. 카메라 감독은 곧바로 최소 스태프를 꾸려 내려가겠다고 했다. 나는 서둘러 내려와줄 것을 재차 당부하고는 전화를 끊었다.

　한편 조연출과는 연락이 닿지 않았다. 아마도 깊게 잠든 모양이었다. 하기야 요즘 걸핏하면 야근을 했으니까. 조회수가 폭발적으로 증가한 건 기쁜 일이었지만 그만큼 해야 할 일이 많아진다는 뜻이기도 했다. 그간 신경을 써야 하는 일이 얼마나 많았는지. 촬영을 시작한 순간부터 지금까지, 지난 반년간의 여정이 머릿속을 스쳐 지나갔다.

지난여름, 너는 지리산 한가운데서 발견되었다. 정확히 말하자면 지리산에서 가장 긴 계곡으로 알려진 칠선계곡 언저리에서였다. 그곳은 원시림이 잘 보존되어 있어 반달가슴곰의 서식지이기도 했다. 너를 발견한 최초 제보자는 한 언론과의 인터뷰에서 이렇게 말했다.

"풀숲에 갑자기 시커먼 게 움직여서 깜짝 놀랐어요. 처음에는 반달가슴곰인 줄 알았지. 그런데 가만 보니까 침팬지더라고. 지리산 한가운데서 침팬지를 만나게 될 줄 상상이나 했겠어요? 영상을 찍으려고 카메라를 들었는데 손이 덜덜 떨리더라니까. 아무래도 동물원을 탈출한 것 같아서 얼른 신고했지요."

그러나 그가 언론에 공유한 영상은 오히려 수많은 의혹을 불러왔다. 멀리서 줌인 해서 화질이 떨어진 데다가, 포커스까지 맞지 않은 영상이었기 때문이다. 사람들은 영상의 진위 여부를 가리려고 했다. 조작된 영상이다 아니다, 심지어는 돈을 노리고 사기를 치는 것이라는 말까지 나왔다. 영상이 조작되었다고 믿는 사람들 사이에서도 의견이 분분했다. 인간이 침팬지 탈을 쓰고 연기를 한 것이다, 반달가슴곰을 침팬지로 잘못 본 것이다, 지리산에 사는 혼령이다, 돌연변이 생명체다 등등.

여러 억측이 난무하는 가운데, 인터넷 커뮤니티에서는 괴상한 소문이 돌기도 했다. 국가에서 비밀리에 진행하던 실험이 실패하여 괴생명체가 탄생했다는 둥, 그 괴생명체와 접촉하면 바이러스에 감염될 수도 있다는 둥, 당장 사살하지 않으면 언젠가 인류를 공격해 올 것이라는 둥 죄다 영화에나 나올 법한 이야기였다.

처음에 내가 맡았던 일은 최초 제보자를 만나 인터뷰를 하고, 각 분야 전문가들을 섭외해 너의 실체에 대한 미스터리를 푸는 것이었다. 그 당시 내가 만났던 전문가들은 영상 속 동물이 침팬지일 가능성은 매우 낮다고 입을 모아 말했다. 그중 한 동물학자는 아주 회의적인 태도를 보이며 말하기도 했다.

"글쎄요, 침팬지가 적응력이 뛰어난 동물이긴 하지만 아무리 그래도 이거 말이 안 되는 일이거든요. 주로 열대우림에서 서식하는 침팬지가 지리산에서 서식한다는 건 불가능에 가까운 일이에요. 만약 침팬지가 맞다면, 연구 대상이 되겠지요."

한편 한 동물보호단체의 대표는 의견이 달랐다.

"그것이 무엇인지 추측하는 게 무슨 의미가 있는지 모르겠어요. 그것이 침팬지든 아니든, 만약 반달가슴곰이 아닌 무언가가 지리산에 살고 있다면 이거 정말 큰 문제 아니겠어요? 더군다나 반달가슴곰도 아닌데 반달가슴곰 서식지에 머무는 중이라면 생태계 교란이나 영역 다툼이 우려되네요. 이제 기온이 내려가면, 기후에 적응하지 못하고 동사할 가능성도 있고요. 여름이 끝나기 전에 구조해야 한다고 생각해요."

사실 그때까지만 해도 나는 이 일에 큰 관심을 두고 있지 않았다. 그저 주어진 일이기 때문에 인터뷰를 하고 방송을 제작할 뿐이었다. 하루하루 먹고사는 일도 힘들어죽겠는데, 침팬지든 아니든 그게 뭐가 중요한지. 입 밖으로 내뱉진 않았지만, 사실 속으로는 최초 제보자가 반달가슴곰을 침팬지로 오해한 거라고 생각했다.

그러나 이후 상황은 흥미롭게 흘러가기 시작했다. 국립공원공단은 팀을 구성해 구조에 나섰고, 여기에 동물보호단체를 비롯한 지역 내 수의사와 생태 연구자가 협력했다. 그리고 각종 언론은 구조 과정을 면밀히 보도했다. 칠선계곡에서 물을 마시는 걸 봤다는 첫 제보가

들어온 순간부터, 법계사 근처에서 또다시 모습을 드러내기까지의 과정을 아주 드라마틱하게. 사람들은 실시간으로 보도되는 구조 상황을 보여 열광했다. 그뿐 아니라 유튜버들은 구조팀보다 먼저 너를 발견하기 위해 지리산에 올랐다. 세상 모든 사람이 너를 쫓고 있는 것처럼 느껴졌다. 그리고 구조가 시작된 지 한 달 만에 유암폭포 인근에서 너를 생포했다는 소식이 들려왔다. 무더위가 한풀 꺾인 시점이었다.

곧바로 CT촬영과 혈액검사 등 여러 가지 검사가 진행되었다. 그리고 밝혀진바 너는 아프리카에 서식하는 일반적인 침팬지가 아니었다. 구조에 참여했던 한 생태연구자는 인터뷰에서 이렇게 말했다.

"현재로서는 침팬지의 아종으로 보고 있습니다. 피그미침팬지나 긴털침팬지처럼 '지리산침팬지'인 셈이죠. 지리산에서 침팬지의 아종이 발견되었다는 것은 세계적으로도 놀라운 일이고요. 앞으로 해외 연구자들과 협력하여 연구를 이어갈 예정입니다."

얼마 후, 한 언론사에 의해 너의 모습이 공개되었다. 누군가의 품에 아이처럼 안긴 채 손가락을 빨고 있는 영상이었다. 귀여운 얼굴에 맑고 동그란 눈, 미소를 지은 듯 위로 살짝 올라간 입꼬리. 심지어 온몸을 뒤덮은 검은 털에서는 윤기가 흘렀다. 저렇게 귀여운 침팬지가 세상에 존재한다고? 이렇게 사랑스럽게 생겼다고? 나는 영상을 보자마자 너를 안아보고 싶은 충동에 휩싸였다.

물론 그건 나만 그런 게 아니었다. 너는 순식간에 사람들의 마음을 사로잡았다. 영상은 여기저기 퍼져나갔고, 각종 밈까지 만들어냈다. 커뮤니티 반응도 뜨거웠다. 어린아이 같다, 저 작고 귀여운 게 산속에서 얼마나 무서웠을까, 늦지 않게 구조되어 다행이다, 이렇게 예쁜 침팬지는 처음 본다……. 세간의 관심이 커질수록 사람들은 사건의 전말을 명확히 알고 싶어 했다. 그러니까 어떻게 지리산에서 새로운 아종이 발견될 수 있었는지에 대해서.

한동안 너는 야생동물보호센터에 머물렀다. 건강에 이상이 없다는 사실이 확인된 이후에는, 지방의 한 시립 동물원으로 옮겨졌다. 시장의 강력한 요청 때문이었다. 아마도 지역 활성화를 위한 상품이 필요했던 것 같다. 사람들의 발길이 줄어가고 있던 동물원에도 절호의 기회였다. 흉물에 가까웠던 동물원은 너를 맞이하면서 새롭게 단장했다. 시의 도움을 받아 야외 방사장을 확장했고, 그곳에 수십 그루의 나무를 심어 숲과 같은 분위기를 조성했다. 얼마 후 이름 공모 이벤트가 올라왔고 사람들은 너 나 할 것 없이 너에게 새로운 이름을 붙여주었다. 그중 '소피아'라는 이름이 선택되었다. 어리석은 사람이 머물면 지혜를 가지게 된다는 지리산의 어원에 따라, 서양에서 지혜를 뜻하는 소피아sophia를 가지고 오게 된 것이다.

　한편 방송국은 너에 대한 연작 다큐멘터리를 제작하기 바랐고, 이전에 너를 취재한 경험이 있던 내가 자연스럽게 그 기획을 맡게 되었다. 방송이 편성된 이후, 나는 매주 한 번씩 지방으로 촬영을 갔다. 필요에 따라서는 일주일 내내 머물 때도 있었다. 그곳에서 내가 하는 일은 단조롭게 반복되는 일상에서 특별한 순간들을 포착하는 것이었다. 예를 들면 네가 과일을 더 먹겠다고 사육사에게 떼를 쓰는 장면이라든지, 삐지거나 화를 내는 장면이라든지, 어떤 대상에 호기심을 느끼는 순간이라든지. 그리고 무엇보다도 그걸 서사적으로 풀어내는 게 관건이었다. 흥미를 끄는 건 귀여운 외모지만 그 대상에게 빠져들게 만드는 건 서사였으니까. 너와 사육사가 우정을 나누는 서사라든지, 네가 무언가를 배워가는 과정을 그린 서사라든지. 그중에서도 가장 반응이 좋았던 건, 네가 동물원을 탈출하려다가 결국 실패하게 되는 이야기였다. 영리하게 울타리를 넘어서는 네 모습은 사람들에게 충격을 안겨주었고, 사라진 너를 애타게 찾는 사육사의 모습은 감동을 불러일으켰다. 그렇게 서사가 하나둘 쌓여갈수록, 사람들은 너를 가까운 존재로 여기기 시작했다. 친구나 연인 혹은 가족처럼. 그중에는 너에게 자기 자신을 투영하는 사람들도 있었다. 촬영과 편집에 의해 재구성된 현실에 빠져들기 시작한 것이다. 구독자와 조회수는 하루가 다르게 늘어갔다.

동시에 동물원을 방문하는 사람들도 늘어갔다. 평일에도 너를 보러 온 사람들로 동물원이 북적거릴 정도였다. 그들은 야외 방사장에 몰려들어 네 이름을 부르거나 카메라 플래시를 터뜨렸다. 그때마다 너는 따분한 표정으로 그들을 맞이했다. 야외 방사장 일대를 어슬렁거리거나 바닥에 누워 뒹굴뒹굴하면서.

나는 방문객들의 인터뷰를 놓치지 않기 위해 애썼다. 얼마나 먼 곳에서 왔고 실제로 너를 본 기분이 어떤지. 사람들은 저마다 다른 표현 방식으로 너에 대한 애정을 드러냈다.

그렇게 촬영을 이어가던 어느 날, 조연출이 아이디어 하나를 냈다. 확신에 가득 찬 눈빛이었다.

"얼마 전에 조카 선물을 고르다가 떠올랐는데요. 소

피아에게도 옷을 입혀보면 어때요? 멜빵바지 같은 거. 그럼 더 귀여울 것 같지 않아요? 친근한 느낌도 들고요."

꽤 설득력이 있었다. 더군다나 이제 곧 날씨도 쌀쌀해질 테니까. 체온유지를 위해서라도 옷을 입히는 게 좋을 것 같았다. 우리는 곧장 사육사에게 동의를 구한 후, 아동 의류 매장에서 옷을 구매했다. 혹시나 입지 않으려고 난동을 부리면 어쩌나 걱정했는데, 다행히 그런 일은 벌어지지 않았다. 너는 순순히 옷을 입었다. 티셔츠가 몸에 들어갈 수 있도록 팔을 위로 들어주기까지 하면서. 네가 옷을 차려입자, 그 자리에 있던 모든 사람이 감탄했다. 빨간색 티셔츠에 멜빵바지를 입은 네 모습이 너무도 앙증맞고 귀여웠기 때문이다.

다음 날부터 너는 옷을 입고 야외 방사장에 나갔다. 반응은 예상했던 대로였다. 사람들은 야외 방사장 앞에 서서 카메라를 들고는 하나같이 이렇게 말했다. 너무 귀엽다, 하는 짓이 꼭 사람 같아, 완전 어린애 같잖아. 내가 보기에도 정말 그랬다. 아니, 보이는 것만 그런 게 아니라 실제로도 그랬을 것이다. 침팬지의 아이큐는 어린아이와 비슷하다고 하니까.

겨울이 되면서부터는 실내 방사장이 개방되었다. 너는 겨우내 그곳에서 옷을 차려입은 채 사람들을 맞이했다. 옷 스타일은 점점 다양해졌다. 너는 스커트나 스웨터까지 소화해냈다. 크리스마스 시즌에는 산타 옷을, 설날에는 색동저고리를 입었다. 이따금 동물원 쪽으로 옷을 보내오는 팬들도 있었다. 그중에는 명품 브랜드의 옷도 있었다.

그러던 어느 날, 네가 내 티셔츠를 세게 잡아당기는 일이 벌어졌다. 티셔츠는 너의 악력에 의해 순식간에 찢겨 나갔고, 나는 네가 나를 공격한 것이라고 생각해 크게 놀랐다. 그때 촬영감독이 내게 말했다.

"티셔츠를 달라는 거 아니에요?"

혹시나 하는 마음에 나는 곧바로 티셔츠를 벗어주었다. 그러자 너는 티셔츠를 들어 얼굴에 문지르기 시작했다. 혹시 티셔츠에 그려진 고양이가 문제였던 걸까? 그렇다면 너는 고양이를 어떻게 알게 되었을까? 지금껏 고양이를 본 적이 없었을 텐데. 그때 조연출이 말했다.

"설마 고양이를 데려오라는 말일까요?"

그 순간 우리는 동시에 서로의 얼굴을 바라보았다. 서사를 만들어낼 수 있는 절호의 기회라는 걸 직감했던 것이다. 우리는 유기묘보호센터에서 길고양이 한 마리를 데려왔다. 막상 합사시키려니 매우 긴장이 되었다. 혹시나 네가 고양이를 공격할지도 모르기 때문이다. 그러나 다행히 너는 고양이를 다정하게 반겼다. 마치 아이 다루듯 조심스럽게. 우리는 이 모든 과정을 영상에 담아 방송으로 내보냈다. 역시나 사람들은 침팬지와 고양이의 우정을 그린 서사에 뜨겁게 반응했다. 모든 게 우리가 예상한 그대로였다. 그때까지만 해도 모든 일이 순조롭게 진행되는 듯했다.

고속도로 톨게이트를 빠져나올 때, 조연출에게서 전화가 걸려 왔다. 역시나 이제 막 잠에서 깨어난 모양이었다. 새벽 네시를 넘긴 시각이었다. 나는 조연출에게 상황을 차근차근 설명했다. 조연출은 잠시 말을 잇지 못하다가 잠긴 목소리로 말했다.

"그럼 다음 달 방송분은 어쩌죠?"

사실 그건 나도 알 수 없었다. 다음 달 방송분뿐만 아니라 그다음 달 방송분까지도 마찬가지였다. 이런 상황에 현실적인 문제를 먼저 생각해야 한다는 게 마음 아팠지만, 어쩔 수가 없었다.

"다음 주까지는 지난 촬영분으로 어떻게든 수습이 되겠지만……. 일단 숙소 취소할까요?"

"아직은 어떻게 될지 모르니까, 일단 상황을 더 지켜보고 얘기하자. 도착하면 다시 연락할게."

어두운 도로를 계속 달렸다. 미래가 아득하게 느껴졌다. 이제 나는 이 방송을 어떻게 마무리 지어야 하나.

도심으로 진입하려는 찰나, 불현듯 장례식 장면이 머릿속을 스쳐 지나갔다. 너의 영정 사진 앞에서 눈물을 흘리는 사육사의 얼굴, 텅 비어버린 방사장, 애도하는 사람들의 모습들. 네가 죽은 후에 벌어질 일들이 한 장면, 한 장면 머릿속에 그려졌다. 그리고 그걸 방송으로 내보내면 오르게 될 조회수에까지 생각이 미치자 문득 나 자신이 싫어졌다. 너를 똑바로 마주할 자신이 없었다.

한 꺼풀

살면서 한 번도 이런 적이 없었는데. 너와 연락이 끊긴 지 한 달이 넘어가고 있었다. 처음에는 그저 바빠서 전화를 못 받는 줄로만 알았다. 그런데 아버지 생신 날에도 연락이 되지 않자, 문득 불길한 예감이 들었다. 평소 같았으면 누구보다 먼저 아버지에게 연락했을 텐데. 다른 건 몰라도, 홀로 계신 아버지 생신만큼은 잊지 않고 챙기던 너였으니까. 솔직하게 말하면 크게 걱정하실 것 같아, 아버지에게는 아무래도 네가 많이 바쁜 것 같다고 에둘러 말했다. 그러고는 서울로 향했다. 실종 신고를 하기 전에 집에 직접 가보는 게 좋을 것 같다는 판단에서였다. 나는 너에게 문자를 남겼다.

형, 올라간다. 집으로 갈 거니까 연락 줘.

역시나 답장이 없었다. 마음이 초조하고 머릿속이 복잡했다. 좋지 않은 생각이 자꾸만 떠올랐다. 차라리 가족이 꼴 보기 싫어 인연을 끊으려고 그랬던 거라면 이해할 수 있을 텐데. 그러면 형이 미안하다고, 그동안 잘 챙겨주지 못해 미안하다고 무릎이라도 꿇고 너에게 사과를 할 텐데.

제발, 살아만 있어라. 제발, 어딘가에 살아만 있어.

혹여나 삶을 비관해 스스로 목숨을 끊은 건 아닐까 하는 생각이 들었다. 너는 감수성이 풍부하니까, 보통 사람들보다 훨씬 더 쉽게 우울감에 빠져들지도 몰라. 우울증에 걸린 사람들이 오히려 밖에 나와서는 밝다는 이야기를 어디선가 들었던 게 생각났다. 항상 밝게 웃던 네 모습이 떠올라 가슴이 철렁했다. 너의 집 문을 여는 순간 어떤 장면을 목격하게 될까. 연락이 되지 않는 가운데, 너의 집 문을 여는 건 너무나도 겁나는 일이었다.

다행히 비밀번호는 그대로였다. 문을 열고 들어가자 텅 빈 방이 보였다. 다행인지 불행인지는 몰라도, 내가 상상했던 모습은 아니었다. 이불과 옷가지들이 정리되지 않은 채 놓여 있었고 싱크대 안에는 음식물이 말라붙은 그릇들이 그대로 남아 있었다. 냉기가 돌고 있는 걸 보니 오랫동안 집을 비운 모양이었다. 마치 잠깐 담배를 사러 슈퍼에 나간 것처럼, 집은 일상의 한 부분에서 그대로 멈춰 있었다.

형, 집에 왔어.

문자를 보내자 집 안에서 진동이 울렸다. 나는 휴대폰 위치를 확인하기 위해 곧장 전화를 걸었다. 그리고 진동이 울리는 쪽으로 가보니 침대 밑에 너의 휴대폰이 있었다. 그간 보냈던 메시지와 부재중 목록이 그대로 남아 있었다. 휴대폰까지 두고 도대체 어디로 사라진 걸까. 나는 바로 경찰에 실종 신고를 했다.

주차된 차 안에서 담배 한 대를 피웠다. 이제 무얼 더 해야 하는지 알 수 없었다. 실종 신고가 접수되었으니 경찰로부터 연락이 올 때까지 가만히 기다려야 하는 걸까. 아버지에게는 숨기는 게 좋을까. 그러다가 혹시

나중에 안 좋은 소식이라도 들려오면 그때는 뭐라고 설명해야 할까.

너와 마지막으로 나눴던 통화가 떠올랐다. 그때 너는 간간이 단역을 맡아서 하고 있다고 했다. 오디션도 열심히 보고 있지만 쉽지 않다고 했다. 그러다가 또 하루는 이렇게 말한 적도 있었다.

"형, 나 잘 지내고 있으니까 너무 걱정 마. 세상에 쉬운 일이 어디 있겠어. 고생하고 기다린 만큼 이게 다 자산으로 남겠지. 배우는 내면이 단단하고 아름다워야 해."

어찌나 호기롭게 말하던지. 그때 따뜻한 말이라도 한마디 해줄걸. 형은 네가 항상 자랑스럽다고. 언제나 너의 삶을 응원할 거라고.

나는 다시 고향으로 돌아왔다. 가정을 돌봐야 했고, 다음 날 출근도 하기 때문이다. 동생이 실종된 상황 속에서 일상을 유지하는 건 정말 어려운 일이었다. 걱정 때문에 잠을 설치게 되었고, 직장에 나가도 일이 손에 잡히지 않았다. 입맛을 잃어 밥조차 삼키기 어려웠다. 그래도 밥은 억지로라도 먹어두어야 했다. 내 사정을 모르는 직장 동료들은 점심시간만 되면 자꾸만 밖에 나가자고 했다. 오늘은 돈가스, 내일은 제육볶음. 매일 다른 메뉴를 외치면서 입맛을 다셨다.

하루는 회사 근처 설렁탕집에서 동료들과 점심을 먹었다. 내가 입맛이 없다고 하니 누군가 그럼 설렁탕을 먹으러 가지고 했다. 역시 입맛이 없을 때는 뜨끈한 설렁탕이 최고라면서.

식사 중에 팀장이 내 얼굴을 살피며 말했다.

"요즘 안색이 계속 안 좋네."

"피곤해서 그래요."

"시간 될 때 병원에라도 한번 가보지 그래."

"네, 그럴게요."

나는 애써 웃으며 설렁탕 한 숟가락을 입에 넣었다. 식당 한편에 놓인 텔레비전에서는 뉴스가 흘러나오고 있었다. 그때 누군가 세상 돌아가는 꼬락서니 눈 뜨고 못 보겠다며 채널 좀 돌려달라고 외쳤다. 그 소리에 식당에 있던 사람들이 다 함께 웃었다. 채널을 돌리자, 멜빵바지를 입은 침팬지가 나왔다. 얼마 전에 지리산에서 발견된 바로 그 침팬지였다.

"근데 쟤는 왜 지리산에 있었지?"

"그건 아직 안 밝혀졌어요."

"별일이야, 정말."

직장 동료들이 식사하며 이야기를 나누는 사이, 나

는 잠시 숟가락을 내려놓고 텔레비전을 보았다. 텔레비전 속 침팬지는 야무지게 과일을 먹고 있었다. 그러다가 갑자기 어디론가 향하기 시작했다. 카메라가 그 뒤를 쫓았다. 침팬지를 따라가보니, 야외 방사장 한편에 고양이 한 마리가 있었다. 침팬지는 고양이를 보자마자 자신의 품에 살포시 안았다. 그러고는 조심스럽게 쓰다듬었다. 마치 인간이 아기를 다루는 것 같았다.

그때 신입이 내게 말했다.

"너무 귀엽죠, 요즘 난리도 아니에요. 저도 소피아 키링 샀어요. 대리님, 아이가 몇 살이죠? 요즘 아기들 소피아 인형 좋아할 텐데."

신입은 자신의 지갑에 달린 키링을 직접 보여주기까지 했다. 내가 보기엔 그저 평범한 침팬지 인형일 뿐이었다. 그날 밤, 나는 퇴근길에 그 침팬지를 또 보게 되었다. 지하철역 광고판에 침팬지 얼굴이 대문짝만하게 붙어 있었던 것이다. 거기에는 '너를 항상 응원해'라는 말도 함께 적혀 있었다. 도대체 누가 누굴 응원한다는 거지? 그걸 보고 있으니 갑자기 짜증 섞인 분노가 치밀어 올랐다. 왜 이렇게 다들 유난을 떨고 지랄이야. 지리산이든 시궁창이든 저따위 침팬지가 어느 곳에서 발견됐는지가 나랑 무슨 상관이라고. 저따위 침팬지가 뭐라고, 도대체 저게 뭔데 이 난리법석을 떠는 거야. 분노를 누르고 발길을 돌리려는 찰나, 갑자기 눈물이 터져 나왔다. 그 순간 떠오르는 건 동생의 얼굴이었다. 유명해지기 전에 미리 사인 받아놓으라고 장난스럽게 말하던 모습, 언제나 밝게 웃던 그 얼굴이 어른거렸다. 동생은 지금껏 단 한 번도 방송에 출연한 적이 없었다.

한 꺼풀

어느 배우는 시상식에서 트로피를 쥔 채 말했다. 마치 꿈을 꾸고 있는 것 같다고. 나도 그런 꿈을 한 번쯤 꾸고 싶었다, 이런 악몽 같은 꿈 말고. 어쩌다가 이런 지옥 같은 삶이 시작된 걸까. 이게 꿈일지도 모른다는 생각에 나는 몇 번이고 벽에 머리를 박았다.

깨어나라.

이제 그만 깨어나라.

하지만 끔찍하게도 달라지는 건 없었다. 앞으로 나는 영원히 이 콘크리트 벽을 벗어나지 못하겠지. 그건 야외 방사장으로 나가도 마찬가지였다. 수백 명이 나를 기다리고 있었으니까. 그들은 햇볕이 내리쬐는 가운데, 울타리 너머로 나를 내려다보고 있었다. 그게 얼마나 내게 큰 위압감을 주었는지.

그들은 눈치도 없이 카메라를 들었다. 내가 별다른 포즈를 취하지 않아도 그랬다. 그중에는 나의 관심을 끌기 위해 소리를 지르거나 과자를 던지는 사람도 있었다. 그러나 나는 아무런 대응도 할 수 없었다. 그들이 내게 돌을 던진다 해도 마찬가지였다. 아무것도 할 수 없다는 사실이 나를 점점 무력하게 만들었다. 같은 공간을 무의미하게 빙빙 도는 게 전부라니. 하루 종일 내가 할 수 있는 일이 고작 이것뿐이라니. 나는 괴로운 마음에 얼굴을 쓸어내렸다.

수많은 사람 앞에 서는 순간만을 바라왔지만, 그렇다고 이런 걸 바랐던 건 아니었는데. 사람들에게 사랑받으면 행복할 줄 알았다. 그러나 가혹하게도 현실은 내가 상상했던 것과는 전혀 다른 방식으로 내 앞에 나타났다. 가끔 그들을 올려다보고 있으면 현기증이 나기도 했다.

제발 꿈이기를, 제발 깨어날 수 있기를.

몇 달 전, 나는 새로 제작되는 상업영화 오디션에 통과한 상태였다. 조연이긴 했지만 힘들게 얻어낸 배역이었기에 잘해보고 싶은 마음이 컸다. 그래서 몇 줄 되지 않는 대사를 몇 번이고 들여다보면서 외우고 또 외웠다. 그러다가 나중에는 배역에 조금 더 집중해야겠다는 생각에 아르바이트도 그만두었다.

　　그런데 촬영이 얼마 남지 않은 시점에 갑자기 캐스팅이 취소되었다는 통보를 받았다. 정확히 어떤 사정이 있었는지는 알 수 없었다. 뒤늦게 더 마음에 드는 배우를 찾은 걸까? 대형 연예기획사에서 배우를 꽂아준 걸까? 그게 아니라면 도대체 무슨 이유일까. 영문도 모른 채 배역을 잃었다는 생각에 박탈감이 느껴졌다. 비참하다는 생각까지 들었다. 희망을 줬다가 빼앗는 것만큼 나쁜 게 또 있을까. 나는 정말 안 되는 걸까. 안 되는 놈은 정말 끝까지 안 되는 걸까. 이대로 배우의 꿈을 접어야 하는 걸까.

　　그날은 잘 마시지도 못하는 술을 마셨다. 그리고 계속 잠만 잤다. 괴상한 꿈을 계속 이어서 꿨던 것 같은데, 자고 일어나니 제대로 기억나는 게 없었다. 그러다가 정신을 차렸을 때는 이틀이나 지난 뒤였다. 나는 일단 바닥에 널브러진 술병부터 치우기 시작했다. 그동안 쌓인 쓰레기들을 버리고 난 후에는 온몸을 물로 씻어내며 결심했다. 힘들다는 이유로 술을 먹거나 이렇게 잠만 자는 일을 앞으로 결코 없을 거라고. 그렇게 일상으로 돌아오고 나니 더 늦어지기 전에 일을 다시 구해야겠다는 생각이 들었다.

그 무렵 우연히 사이트에 올라온 공고 하나를 보게 되었다. 오디션 정보는 아니었고, 단역 및 엑스트라를 구하는 공고였다. 해외에 있는 여러 영화사가 협력하여 제작하는 판타지 영화였고, 한국 로케이션 중 필요한 인력을 구하는 모양이었다. 이상한 점은 단역인데도 불구하고 출연료가 높게 측정되었다는 거였다. 공고 내용을 조금 더 읽어보니, 출연료를 높게 쳐주는 이유가 있었다. 특수분장이 있었기 때문이다. 자칫 피부 트러블이 생길 수도 있다고 했다. 더불어 컴퓨터그래픽을 최소한으로 사용하는 영화인 만큼, 디테일한 특수분장 작업이 이뤄질 것이고, 분장에 오랜 시간이 소요될 것이라고도 했다. 그러니 일정을 맞출 수 있는 분들만 지원해달라고 적혀 있었다. 그래도 한번 해보면 좋은 경험이 될 것 같았다. 아무 때나 쉽게 할 수 없는 경험인 데다 현장 분위기도 익히고 좋을 것 같았다.

촬영 당일, 파주에 위치한 스튜디오에 가보니 나 말고도 배우가 열다섯 명이나 더 있었다. 우리는 그곳에서 두 시간 넘게 특수분장을 받았다. 그때까지만 해도 견딜 만했다. 시간이 들긴 해도 돈을 받았으면 이 정도는 참을 수 있어야 한다고 생각했다.

그러나 문제는 그다음이었다. 무게가 10킬로그램 가까이 되는 의상을 지급받은 것이다. 전신이 털로 뒤덮인 의상을 입고 나면 또다시 목 부분을 자연스럽게 만드는 작업을 해야만 했다. 의상이 얼마나 무겁던지 그저 의자에 가만히 앉아 있을 뿐이었는데 온몸이 저리고 땀이 줄줄 흘렀다. 더군다나 한번 의상을 입으면 화장실에 갈 수도 없었기에 물도 마음대로 마실 수 없었다.

촬영은 주로 파주 감악산 일대에서 이뤄졌다. 감독과 소통할 일은 없었고 주로 조연출이 단역들을 관리했다. 사실 우리에게 주어진 지시 사항은 별거 없었다. 그저 발 대신 팔을 이용해 어정어정 걷거나 위로 뛰라는 정도의 주문이었다. 하지만 무거운 의상 탓에 몸을 조금만 움직여도 지칠 수밖에 없었다. 촬영이 끝나갈 때는 구역질이 날 정도였다.

그날 이후, 단역 중 절반이 촬영장에 나오지 않았다. 그리고 다음 촬영 때는 새로운 사람들이 왔다. 얼굴이 노출되는 일이 아니니 누가 역할을 맡든 상관없었다. 나도 다음 주부터는 다른 일을 알아봐야겠다고 생각하던 차였다. 그런데 몸이 고됐는지, 하필이면 촬영 후 탈의실에서 깜박 잠이 들어버렸던 것이다.

잠에서 깨어났을 때는 모두가 사라진 후였다. 나는 탈의실에서 나와 텅 빈 스튜디오를 바라보았다. 그곳은 몹시 어둡고 적막했다. 창문을 통해 들어오는 달빛에 의지해 겨우 앞을 볼 수 있을 정도였다. 불을 켜려고 스위치를 찾아보았지만 쉽게 찾을 수 없었다. 어째서 아무도 나를 깨우지 않았을까. 왜 나를 그냥 두고 가버렸을까. 시계는 어느덧 새벽 다섯시를 가리키고 있었다.

창문에 비친 내 모습이 보였다. 마치 거대한 유인원 같았다. 온몸이 털로 뒤덮여 있는 침팬지나 오랑우탄 같은, 아니 사실 그보다는 언젠가 과학책에서 봤던 과거의 인류에 가까웠다. 실내가 어두워서 그런지 더 그렇게 보였다.

아무래도 의상부터 벗는 게 좋을 것 같았다. 분장은 나중에 집에 가서 어떻게든 지우면 되겠지. 나는 뒤쪽에 달린 지퍼를 내리려고 등을 더듬거렸다. 그런데 손가락 끝에 부드러운 털이 만져질 뿐, 어째서인지 지퍼를 찾을 수 없었다. 아무리 더듬어봐도 만져지지 않았다. 촬영할 때까지만 해도 멀쩡하게 달려 있던 지퍼가 감쪽같이 사라진 것이다. 몇 번이고 등을 더듬어봤지만 소용없는 짓이었다.

누군가 올 때까지 기다려야 하는 걸까. 그렇지만 언

제 올지 모르는 사람을 마냥 기다릴 수는 없었다. 더군다나 내 기억으로 다음 날 예정된 촬영도 없었다. 지나가는 사람에게 도움이라도 요청해보기 위해 밖으로 나가보았지만, 새벽이라 그런지 자동차 한 대 보이지 않았다. 설상가상으로 배까지 아프기 시작했다.

동이 틀 무렵이 되자 나는 더 이상 견딜 수 없는 지경에 이르렀다. 그 순간 스튜디오 구석에 놓여 있는 원예용 가위가 눈에 들어왔다. 이제는 별다른 수가 없다고 생각했다. 의상 제작비는 얼마나 될까. 지금 내가 이걸 자르면 나는 얼마만큼의 돈을 지불해야 할까. 그러나 칼로 의상을 잘라 망가뜨리든 이대로 배설하여 의상을 더럽히든 결과는 똑같았을 것 같았다. 아니, 오히려 가위로 자르는 쪽이 더 인간적일지도 몰랐다.

나는 한 손에 가위를 쥐고 다른 한 손으로는 의상의 앞면을 잡았다. 그리고 있는 힘껏 가위질을 하는 찰나, 갑자기 온몸에 신경이 곤두섰다. 이내 엄청난 통증이 밀려왔다. 뭐가 잘못된 거지? 가위를 든 손에는 이미 피가 흥건했다. 피는 이미 털을 적시고 있는 중이었다.

이후로 나는 줄곧 방 안에 틀어박혀 지냈다. 자고 일어날 때마다 몇 번이고 거울을 확인했지만 달라지는 건 없었다. 샤워를 하고 수세미로 박박 문질러도 소용이 없었다. 날이 가면 갈수록 나는 인간의 형상으로부터 멀어지고 있었다. 내 몸을 덮고 있던 의상은 점점 내 살가죽으로 변해갔다. 배에 난 상처는 서서히 아물어갔고, 배설을 하는 것도 가능했다. 그뿐만이 아니었다. 몸도 조금씩 굽어가면서 키도 줄어들었다. 팔을 사용해 걷는 게 점점 편해지기 시작했다. 악력은 점점 강해지고 있었다. 애써 노력하지 않아도 그렇게 되었다. 따로 연기를 할 필요가 없었다. 동시에 인간의 언어를 잃어가고 있었다. 정확하게 발음하는 것은 물론, 나중에는 부드럽게 목소리를 내는 것조차 어려웠다. 또한 두꺼워진 손가락 때문에 휴대폰을 자유롭게 사용할 수 없게 되었다.

그러던 어느 날, 집주인이 우리 집 문을 두드렸다. 월세가 밀려 있는 데다가, 계약 기간이 끝나가고 있었기 때문이다. 아마 연락이 닿지 않아 찾아올 수밖에 없었을 것이다. 이제 어떻게 해야 하는 걸까. 어디로 가야 하는 걸까. 더 이상 세속적인 삶을 살 수 없다는 사실을 받아들여야만 했다. 아무도 나를 볼 수 없는 곳으로 가야지. 사람들의 발길이 닿지 않는 곳으로 가야지. 나는 깊은 산속으로 들어가야겠다고 생각했다.

내가 지리산을 선택했던 건 아버지와 형을 따라서 가본 적이 있었기 때문이다. 아마 갓 군대를 전역했던 무렵이었을 것이다. 처음에는 셋이 나란히 산에 올랐는데, 어느 시점부터 아버지는 잘 걷지 못했다. 형과 내가 자꾸만 자신을 신경 쓰는 것이 부담이 되었는지 아버지는 먼저 올라가라고 말했다. 힘닿는 대로 천천히 올라가겠다고. 우리는 알겠다고 했고, 뒤에 따라오는 아버지를 이따금 살피면서 산행을 계속했다. 그런데 어느 시점에 이르자 아버지의 모습이 보이지 않았다. 아무래도 거리 차가 많이 난 것 같아 우리는 산 중턱에 서서 한참 아버지를 기다렸다. 뒤늦게 문제를 파악한 우리는 산속에서 애타게 아버지를 찾아 헤맸고, 그때 눈에 들어온 게 바로 금지 구역 표지판이었다. 거기에는 자연생태계 훼손을 방지하기 위해 등산객들의 출입을 금지한다고 적혀 있었다. 혹시나 아버지가 여기로 잘못 들어간 게 아닐까. 그게 아니면 이렇게까지 보이지 않을 리가 없다고 생각했다. 하지만 정작 아버지를 발견한 건 산 아래에서였다. 올라가다가 지쳐서 그냥 내려오셨다고. 어째서 전화를 받지 않은 거냐고 물었더니 전화가 온 줄은 몰랐다고 했다. 그 말이 참 허탈하기도 하고 웃기기도 했는데.

어쨌든 그렇게 나는 인적이 닿지 않는 깊은 산속에

터를 잡게 되었다. 그리고 그곳에서 안정을 되찾아갔다. 풀숲에서 보내는 하루가 어찌나 고요하고도 평온한지. 그건 속세에서는 결코 느낄 수 없는 감각이었다. 해가 뜨면 새소리와 함께 눈을 뜨고, 해가 지면 적막 속에서 잠드는 하루. 목이 마르면 계곡에서 내려오는 시원한 물을 마셨고, 배가 고프면 곤충이나 버섯을 먹었다. 비록 도망치듯 오게 된 곳이었지만 나는 이곳에서 뜻밖의 행복을 알게 된 것이다.

처음에는 혹여나 야생동물에게 공격당하지 않을까 걱정했지만 얼마 지나지 않아 괜한 걱정임을 알게 되었다. 그들은 각자의 영역을 지키며 살아갔다. 내가 공격하지 않으니 그들도 나를 공격하지 않았다. 어쩌면 나의 생김새가 그들에게 위협적으로 보였을지도 모르겠다.

숲속에서 나는 있는 그대로 존재할 수 있었다. 내가 인간인지 동물인지, 아니면 다른 무엇인지 스스로 질문하지 않아도 되었으니까. 나는 그저 계속 움직였다. 풀숲에 숨거나 몸을 비비거나. 네발로 걷거나 소리를 지르거나. 나무껍질의 냄새를 맡거나 벌이 윙윙거리는 소리에 짜증을 내거나. 새로 발견한 버섯에 호기심을 느끼거나 계곡물에 손을 담그며 시원함을 느끼거나. 내게는 살아 있다는 사실이 중요했으며, 어떤 형태로 살아 있는지

는 중요하지 않았다. 또다시 사람들에게 발견되기 전까
지만 해도 말이다.

　나는 유암폭포 인근에서 생포되었다. 이후에는 야
생동물보호센터에 머물며 여러 가지 검사를 받았다. 사
람들은 나를 어떻게 할 것인지에 대해 의논했다. 누군가
는 해외로 보내자고 했고, 누군가는 정확한 연구를 위해
해부를 하자고 했다. 이에 누군가는 더럭 화를 내며 그
건 동물권을 침해하는 잔인한 행위라고 했다. 정 그러면
죽은 후에 부검을 하자는 이야기가 오갔다. 그동안 나는
쇠창살 안에 갇혀 있었다.

　얼마 후, 나는 동물원에 옮겨졌다. 그곳에서 나는
단조롭고 권태로운 나날을 보냈다. 오전에는 실내에서
이런저런 훈련을 받았다. 예를 들면 간단한 퍼즐을 맞추
거나 장난감을 가지고 노는 방법 같은 것들이었다. 오후
에는 야외 방사장에서 시간을 보냈고, 그곳에는 언제나
나를 보러 온 사람들이 가득했다. 그들 외에도 나를 찾
아오는 사람들은 더 있었다. 한 달에 한 번씩 연구원들
이 와서 내 털과 혈액을 채취해 갔고, 일주일에 한 번은
촬영팀이 방문해 내 모습을 찍어 갔다. 어떤 목적으로
나를 촬영하는지는 알 수 없었다. 내가 식사를 하거나

뒹굴거리는 모습, 그러니까 평소와 다를 것 없는 모습을 매주 찍을 뿐이었다.

이렇듯 나는 수많은 사람에 둘러싸여 살아가고 있었다. 이렇게 온종일 사람들에 둘러싸여 혼자 있을 틈이 없는데, 어째서 내 마음 알아줄 사람이 하나 없을까. 어째서 이토록 외로운 걸까. 그 누구와도 소통하지 못한 채 사는 건 무척 괴로운 일이었다.

겨울이 되면서부터 나는 몸을 긁기 시작했다. 피딱지가 생길 정도로 집요하게. 그러지 않으면 견딜 수가 없었다. 몸을 긁고 싶은 충동은 내가 제어할 수 있는 범위를 벗어난 것만 같았다. 사육사가 아무리 나를 말려도 소용이 없었다. 몸에 변화가 생긴 건 그뿐이 아니었다. 짜증과 화가 불시에 튀어 올랐고, 어떤 순간에는 참을 수가 없었다. 한번은 촬영팀 중 한 명에게 불쑥 화를 낸 적이 있었다. 나도 모르게 그의 티셔츠를 손으로 움켜쥐었고, 이내 그것을 잡아 뜯었다. 내 앞에서 더 이상 알짱거리지 말라는 뜻이었다. 그러나 막상 힘없이 찢어진 티셔츠를 보니 미안해졌다. 그렇게까지 할 필요는 없었는데.

다행인지 불행인지, 그는 눈치가 없었다. 그는 내가 티셔츠를 달라는 줄 알고 곧바로 티셔츠를 벗어주었다.

나는 사과의 의미로 티셔츠를 얼굴에 문질렀다. 찢어지게 해서 미안하다는 뜻이었다. 하지만 그는 그마저 오해했다. 티셔츠에 그려진 고양이에 집중했던 것이다. 내가 고양이를 요청한 것으로 오해한 나머지 얼마 후 그들은 어디선가 고양이를 데려왔다. 노란 줄무늬가 있는 고양이었다.

이유야 어찌 되었든, 그렇게 나는 고양이와 함께 지내게 되었다. 함께 먹고 자고 오후에는 함께 야외 방사장에 나가 놀았다. 고양이는 캣타워에 오르는 것처럼 내 몸 이곳저곳을 밟고 올라서는 걸 좋아했다. 그러다가 어느 때는 내 옆에 조심스럽게 다가와 안기기도 했다. 나는 그때마다 고양이의 털을 조심스럽게 쓰다듬었다. 고양이를 품에 안고 있는 것만으로도 큰 안정감을 느끼곤 했다. 정든 이후에는 고양이가 내 물그릇을 엎어도 화가 나지 않았다.

한편, 촬영팀은 이전보다 더 자주 동물원을 찾았다. 매주 찾아와 고양이와 내가 함께 지내는 모습을 카메라에 담았다. 뉴스에 보도되는 건가. 아니면 유튜브에 소개되고 있나. 얼마나 많은 사람이 나를 알고 있는지 가늠이 되지 않았다.

그러던 어느 날, 잠에서 깨어났을 때 일이 벌어졌다. 고양이가 보이지 않았던 것이다. 지퍼가 사라졌던 것처럼, 아주 감쪽같이. 언젠가 산속에서 사라진 아버지처럼. 나는 절망에 빠질 수밖에 없었다. 이 동물원 안에서 유일하게 의지하고 지냈던 존재마저 사라져버렸으니까. 촬영팀 스태프 중 한 명은 밤사이 고양이가 담을 넘어 탈출한 것 같다고 했다. 원래 길고양이였기 때문에 그럴 수 있다고. 사육사는 CCTV를 한번 돌려보겠다고 했다. 그걸 돌려봐도 달라지는 건 없었다. 한번 떠난 고양이가 다시 돌아올 일은 없을 테니까.

나는 야외 방사장에 나가는 걸 거부했다. 음식을 거부했다. 다시 몸을 긁기 시작했고, 이따금 벽에 머리를 박기 시작했다. 갑자기 불안이 몰려올 때면 방 안을 미친 듯이 왔다 갔다 했다. 하루에도 수십 번 죽고 싶다는 생각이 들었다. 이 불행을, 그러니까 이 피부를 벗어날 방법은 그것뿐이었다. 사육사는 나를 야외 방사장으로 내보내기 위해 별의별 짓을 다 했다. 음식으로 유인하기도 하고 야외 방사장으로 나가는 문을 하루 종일 열어놓기도 했다. 그러나 모두 다 소용없는 일이었다.

"소피아, 소피아."

하루는 사육사가 나를 부르며 다가왔다. 그러고는

휴대폰으로 영상 하나를 보여줬다. 매주 동물원을 방문했던 촬영팀이 만든 영상이었다.

"자, 이거 한번 볼래?"

화면 속에는 침팬지 한 마리가, 그러니까 내가 나오고 있었다. 나는 화면 속에서 고양이를 돌보고 있었다. 멜빵바지에 빨간 티셔츠를 입고서. 그 모습이 어찌나 우스꽝스럽게 느껴지던지. 마치 침팬지가 고양이를 돌보며 인간 시늉을 하는 것처럼 보였다. 그 순간 눈물이 날 것만 같았다. 고양이가 보고 싶어서이기도 했고, 내 모습이 비참해서이기도 했다.

아마도 사육사는 내게 고양이를 보여주려고 했겠지. 아니면 내가 고양이를 보고 어떻게 반응하는지 확인하고 싶었거나. 왜냐면 그 순간에도 카메라는 나를 촬영하고 있었으니까. 그럼 나는 이제 영상을 보는 침팬지가 되려나. 그럼 더 많은 사람에게 사랑을 받으려나. 이내 참았던 눈물이 왈칵 쏟아져 나왔다. 빌어먹을, 눈물이라니! 이대로라면, 나는 영상을 보며 눈물을 흘리는 침팬지가 될 것이다. 인간처럼 감동받고, 인간처럼 그리워하고, 인간처럼 눈물을 흘리는 침팬지가 될 것이다.

어째서 인간 시늉을 해야만 사랑받을 수 있는 걸까. 어쩌다가 이런 처지가 되어버린 걸까. 내가 하고 싶었던 건 시늉이 아니라 연기였는데, 타인을 이해하고 표현하는 일이었는데. 이렇게 인간 시늉을 하는 한 나는 결코 인간이 될 수 없었다. 그건 침팬지 흉내를 낸다 하더라도 마찬가지였다.

야외 방사장으로 나가면 언제나 수많은 사람이 나를 내려다보고 있었다. 그들은 하나같이 나를 향해 카메라를 들었다. 너무 귀엽다, 어린애 같다, 사람 같다, 사람 같다, 사람 같다, 사람 같다, 사람 같아서 징그러워, 그런 말 하면 못 써, 소피아 사랑해, 소피아, 소피아! 나는 그들이 사랑하는 게 무엇인지 알 수 없었다. 나인지, 침팬지인지. 침팬지처럼 보이는 사람인지, 사람 같은 침팬지인지. 아니, 최후에는 내가 누구인지조차 알 수 없었다. 그저 인간도 침팬지도 될 수 없는 끔찍한 상황 속에 머물고 있을 뿐이었다. 나는 이 기나긴 꿈에서 깨어나고 싶다고 생각했다. 그때 누군가 플래시를 터뜨렸다.

깨어나라.

깨어나라.

깨어나라.

깨어나라.

깨어나라.

세상에 이런 악몽이 또 있을까? 깨어나면서 시작된 악몽을 끝내려면 다시 눈을 감아야 하는 걸까. 어쩌면 일찍이 그러는 편이 좋았을지도 모르겠다. 사람들에게 붙잡히기 전에, 그러니까 지리산 한가운데서. 어째서 살 겠다고 지금껏 발버둥을 쳤던 것인지, 어째서 그토록 애를 썼던 것인지.

죽고 싶었다.
오늘은 반드시 그러고 싶었다.

그래서 돌을 삼켰다. 콘크리트 벽에 머리를 박았다. 정신이 혼미해질 정도로 계속, 계속. 내가 바닥에 쓰러 지고 나서야 뒤늦게 사육사들이 달려왔다. 비명을 지르 는 사람도 있었고, 우는 사람도 있었고, 어디론가 전화 를 거는 사람도 있었다. 희미하게 목소리가 들려왔다. 내가 죽은 이후에 벌어질 일들에 대해서였다.

내가 죽으면 부검을 하게 될까.
그렇게 내 몸은 열리게 될까.
나는 살가죽을 벗어던진 삶을 떠올렸다.

황
모
과

2019년 한국과학문학상, 2021년과 2024년에 SF어워드를 수상했다. 장편소설
『우리가 다시 만날 세계』『서브플롯』『말 없는 자들의 목소리』『그린 레터』, 중편
『클락워크 도깨비』『10초는 영원히』『노바디 인 더 미러』『언더 더 독』, 소설집
『밤의 얼굴들』『스위트 솔티』 등을 출간했다.

누군가에게는 집 안이 전쟁터고 보호자가 적군이다. 따뜻하고 편안한 집 안에서 굶어가는 아이에게는 구해줄 사람이 오지 않는 집이야말로 지옥이다. 덥지도 않았지만 피부가 축축해졌다. 세포가 녹아내리고 있다고 생각했다. 너무 굶은 바람에 오장육부가 피부를 녹여서 먹고 있는 모양이었다. 마치 아이스크림처럼.

며칠을 굶었을까? 의식이 가물가물한 와중에 띄엄띄엄 누군가 내게 의사를 묻고 있었다. 남은 힘을 짜내어 천천히 고개를 끄덕였다. 지금 내 상태를 지켜보고 있는 사람이라면 우선 나부터 구하지 않고서는 무언가를 요구할 상황이 아니었다. 이곳에서 벗어나게만 해준다면 나는 뭐든 할 수 있었다.

며칠 후 나는 온통 하얗게 도배된 낯선 방에서 수액을 주렁주렁 달고 눈을 떴다. 근처에 적군이 보이지 않았기에 드디어 전쟁터에서 벗어났음을 실감했다. 침대 머리맡에 앉아 입안에 묽은 미음을 흘려 넣어주던 한 아저씨가 내게 물었다.

"지금 제일 먹고 싶은 게 뭐예요?"

얼굴 근육이 잔뜩 굳은 아저씨가 짐짓 다정해 보일 표정을 짓느라 애쓰고 있었다. 음식을 먹을 수 있다니, 미음이 아닌 다른 것도 먹을 수 있다니, 심지어 메뉴를 고를 수 있다니 반갑기만 했다.

"음, 아이스크림이요······."

그러자 아저씨가 내 등을 천천히 일으켜 세우며 말했다.

"당장 먹으러 갑시다. 아이스크림."

수액 주사를 제거한 뒤 나는 아저씨 손에 이끌려 복도를 걸었고 곧 커다란 문 앞에 섰다.

"와!"

드라마에서나 볼 법한, 호텔 뷔페처럼 향기로운 냄새가 풍겨오는 장소 앞에 섰다. 냄새가 코를 파고들자 군침이 돌고 심장이 뛰었다. 머리가 핑핑 돌아 어지러웠다. 몸 안의 감각들이 일제히 환호하는 듯했다. 나는 아저씨가 안내해준 대로 의자에 앉았고 넓은 식탁 위에 끝없이 펼쳐진 음식을 둘러보았다. 천천히 깊은숨을 들이

켜자 곁에 앉은 아저씨가 내 손을 가리키며 말했다.

"너무 맛있어서 난생처음 먹어보는 맛이라고 느낄 때 손바닥에 있는 이 버튼을 꾹 눌러요. 그러면 '클라이맥스 포워딩'이 시작돼요. 알았죠?"

나는 고개를 끄덕였다. 병실에서 눈을 뜬 뒤 손바닥 피부 속에 이식된 작은 버튼이 볼록 튀어나온 걸 보았다. 이게 나를 구한 대가로 아저씨가 요구하는 일이라는 걸 곧장 깨달았다.

테이블 한쪽에 아이스크림 한 통이 놓여 있었다. 밥 먹기 전에 아이스크림이나 간식을 먹어선 안 된다지. 끼니조차 제대로 챙기지 못했던 내게는 마법 학교의 규율 같은 말이었지만 그토록 버릇없다는 말이라 꼭 한 번 해보고 싶었다.

아이스크림 통을 끌어당긴 뒤 아저씨 얼굴을 살짝 보았다. 아저씨는 나를 저지하지도 나무라지도 않았다. 통이 발산하고 있는 냉랭한 기운이 품 안을 파고들었다. 이걸 다 먹고 얼어 죽는대도 좋을 것 같았다. 얼굴만큼 커다란 스푼으로 바닐라아이스크림을 크게 떠 입안에 욱여넣었다. 양 볼이 아이스크림으로 부풀어 올랐다. 강렬한 맛이 혀를 통해 전해지더니 처음 느끼는 달콤한 냉감이 머릿속을 얼얼하게 휘감았다. 온몸이 짜릿했다. 이게 아저씨가 말하는 클라이맥스구나! 그 순간 나는 손바닥에 볼록 솟은 버튼을 꾹 눌렀다. 그리고 정신을 잃었다.

"혜원아, 괜찮니?"

눈을 뜨니 아까 머물렀던 하얀 방이었다. 몸을 일으키자 불쾌한 포만감이 몸 안에서 꿀렁거렸다. 구역질이 솟구쳐서 아저씨가 준비해둔 큰 통에 머리를 처박고 먹은 걸 전부 토하고 말았다. 아저씨가 부드럽게 등을 두드려주며 말했다.

"한꺼번에 너무 많이 먹었어. 다음엔 좀 조절해야겠다."

아저씨는 내가 거기 놓인 음식을 미친 듯 전부 탐했다고 말해주었다. 버튼을 누른 후의 기억이 없었다.

"버튼을 누르면 네 오감의 경험은 서버로 포워딩된단다. 그 순간의 기억까지 양도하게 되지만 길어야 오분 정도니 생활에 큰 지장은 없을 거야. 우리는 너처럼 작은 일에도 감사할 줄 아는 긍정적인 사람을 찾고 있었단다. 혜원이 너 같은 사람에게는 삶의 클라이맥스가 자주 찾아오니까 말이야. 이제 우리가 너의 후견인이야. 얼마나 다행이니."

다정한 듯 말하지만 어쩐지 무척 차가운 말투라고

생각했다. 위액까지 전부 게워내고 나니 멋진 식탁 앞에 앉아 있던 일이 꿈만 같았다. 내 경험을 포워딩한다고? 정말로 인생에서 중요한 무언가가 몸에서 쑥 빠져나간 듯했다.

아저씨가 준 위장약으로 속을 달랜 후 나는 다시 식당으로 갔다. 이번에는 천천히 음식을 먹었다. 폭식하지도, 버튼을 누르지도, 기억을 잃지도 않았다. 눈물도 흘리지 않았다. 감격에 겨운 생애 최고조의 순간, 그 순간의 기억은 어디론가 포워딩되어 잊혔지만 여전히 음식은 맛있었고 곧 감사함이 차올랐다.

음식을 맛보며 나는 안도했다. 이제 나는 안전하게 잘 먹고 살 거다. 제대로 살이 오르고 키가 클 거다. 설령 최고의 순간을 버렸을지언정 지옥을 떠나 최적의 안정을 얻은 것이 내게 중요했다. 내가 거래한 것이 무엇인지, 손바닥 안에 버튼을 이식한 일이 무슨 뜻인지는 나중에야 깨달았다. 최고이자 최선의 순간을 누군가에게 양보하면 내겐 차선의 순간이 허락된다. 앞으로 내 인생에 클라이맥스는 없을 것이다. 하지만 최악이었던 지옥을 떠올리니 차선도 나쁘진 않을 것 같았다.

'클라이맥스 포워더'로 일하고 받은 보수는 상당했다. 부모와 격리되어 홀로 살아남은 소녀에게 키다리 아저씨가 생긴 셈이었다. 아저씨는 종합 테크기업 K사가 인공지능 학습을 위해 나 같은 사람을 찾았다고 했다. K사는 사람들의 클라이맥스를 은밀하게 구매하고 있었다. 인간이 겪을 수 있는 궁극의 경험과 감각을 수집해 그 미묘함을 인공지능 학습에 활용하는 것이다.

아저씨는 나를 두고 '행복을 느낄 자격이 있는 사람'이라고 표현했다. 어쩌면 난생처음으로 행복을 느낄 만큼 불행한 사람이라 나를 찾아냈는지도 모른다. 작은 행복을 커다란 안도로 느끼며, 그 순간을 인생 최고의 순간이라 여기는 나 같은 사람을. 하긴 누가 뭐래도 나는 긍정적인 아이였다. 친부모에게 학대당하면서도 내가 너무 귀여운 탓에 세상이 큰 시련을 준다고 생각했었다. 역경을 겪는 만화 속 주인공과 내가 똑같다고 생각했고 그 생각만으로 반드시 해피 엔딩을 만날 거라 믿었다.

나는 하얀 방을 집 삼아 그곳에서 유년을 보냈다. K사의 로고가 박힌 가전, 가구, 생필품이 그곳을 가득 채우고 있었다. 쌀 포장지나 물, 심지어 상추 잎사귀에도 K사 브랜드 로고가 박혀 있었다. 종합 테크기업이라더니 의료 기관이나 보험사, 엔터테인먼트 콘텐츠, 심리 상담소까지 운영하는 모양이었다.

거기서 나는 잘 먹고 잘 살며 스무 살을 맞았다. 왜

소했던 체구도 금세 또래 평균치에 도달했다. 안정적으로 반복하는 생활 속에서 삶의 희열도 배워갔다. 천성이 긍정적인 탓인지 소소한 일상도 꽤 감격적으로 느끼곤 했다. 몸이 느끼는 단순한 고양감을 넘어 자존감도 높아졌다. 전에 없던 충족감을 느낄 때면 손바닥 안의 버튼을 눌렀다.

소중한 순간이라고 느낄 때마다 기꺼이 그 순간을 양도했다. 어차피 사람들은 뭐든 팔지 않나. 만약 피나 장기, 앞으로의 수명 따위를 포워딩하라고 했어도 나는 기쁘게 팔아넘겼을 것이다. 그렇게 생각하니 딱히 클라이맥스가 없더라도 상관없었다. 특별한 순간을 독점하지 않더라도 삶은 이어졌다.

아저씨는 나의 클라이맥스와 그 순간의 데이터가 K사가 분석하는 데이터 중에서도 꽤 높은 평가를 받고 있다고 했다. 그래서 받는 보수도 높은 편이었다. 오감 포워딩 중 일시적으로 기억을 잃는 것은 길어야 오 분에 불과했다. 안전만 잘 확보하면 큰 문제도 없었다. 나는 착실히 저축했다. 시설에서 나가 혼자 살아갈 일을 차근차근 준비했다.

*

검정고시를 치르고 대학에 입학했고, 원룸을 얻어 독립했다. 언제나 행복에 겨운 것은 아니지만 불안정한 시절도 잘 넘길 수 있을 만큼 일상도 단단해졌다. 사회생활도 시작했고 처음으로 친구도 생겼다.

루다는 첫 만남부터 살갑게 다가왔다. 루다와는 대화나 생활, 취미 어느 것 하나 비슷한 게 없었지만 나는 보통의 친구 관계가 이런가 보다, 하고 짐작했다. 만약 루다로부터 더할 나위 없이 완벽한 감정을 느꼈다면 나는 그 순간도 포워딩해서 팔았을 거였다. 차선의 삶이 나쁘지 않은 것처럼, 미적지근하고 가만한 인간관계도 나쁘진 않았다. 루다는 붙임성 있는 아이였지만 그렇다고 나를 유달리 아끼는 것 같지도 않았다. 종종 나를 무시하거나 경멸하는 표현을 입에 담으면서도 곁에 다가와 팔짱을 꼈다. 이런 걸 두고 '친하다'라고 하는 걸까? 서로의 인생을 속속들이 아는 것도 아니니 친구라도 다들 무심한 모양이다. 평범한 사이는 자주 무관심해지는 것이려니 했다.

루다가 꽤 부유한 집 아이라는 말을 다른 아이에게 듣고 놀랐다. 그런 애가 왜 나를 살갑게 대할까? 나와 함께일 때는 별로 티를 내지 않아 몰랐다. 부족한 것 없이 자랐을 아이가 질투심도 강해서 가끔 내게 적의를 보일 때도 있었다. 루다는 어쩐지 남의 불행에 집착하는 것처럼 보였다.

　　루다를 보며 생각했다. 사람은 멀리 있는 존재를 질투하지 않는다. 비교 대상조차 되지 않는 상대에게는 감정이랄 게 생기지 않으니까. 그렇게 생각하니 오히려 루다에게 고마웠다. 루다가 나 같은 애를 자기와 가깝다고 느낀다니 기뻤다. 내가 어떤 애인지, 어떤 유년을 보냈는지 안다면 루다가 나를 질투할 리 없었다. 속 편하게 우월감을 느끼거나 동정할 게 뻔했다. 나는 조금 복잡한 마음으로 루다에게 고마워하기로 마음먹었다.

　　그즈음 우연히 들렀던 영화 동아리에서 초호라는 남자 동기와 가까워졌다. 초호는 내가 무슨 말을 해도 곧잘 웃었다. 무의식중에 튀어나오는 냉소적인 농담에도 배를 잡고 웃었다. 원래 잘 웃는 애라고만 생각했는데, 다른 친구들과 있는 초호는 완전히 다른 사람처럼 보였다. 내게는 자주 보였던 웃음을 다른 사람에게는 잘 보이지 않았다. 루다와 셋이 만났을 때 확실히 알았다. 초호의 얼굴 위에 너무도 달라 보이는 두 개의 표정이 공존하고 있는 것을. 그렇게 나는 초호와 특별한 사이가 되었다.

　루다는 처음엔 초호와 내게 그다지 관심이 없어 보였는데 내가 초호와 사귀기 시작한 순간 태도가 돌변했다. 충격을 받은 표정이었다. 내게 남자친구가 생길 리 없다고 생각한 걸까? 그렇게 보였다. 루다의 일그러진 표정을 떠올리며 나는 어쩔 수 없는 일이라 생각했고 살짝 비웃음이 터졌다. 이게 우월감이라는 걸까?

　초호와 단둘이 보내는 시간이 조금씩 길어졌다. 조용한 곳을 찾아다녔고 이전의 일들과 앞으로의 일들을 얘기하며 지금이라는 순간을 함께 만들어갔다. 초호의 눈 속에 기분 좋은 긴장감이 담기는 걸 한참 들여다보았다. 초호가 나를 원한다는 걸 느꼈고 나 역시 싫지 않았다.

　오랜만에 아저씨에게 연락이 온 것은 그 무렵이었다. K사에서 클라이맥스 포워딩 가격을 전보다 세 배 높게 쳐준다고 제안했다. 몇 번만 시도한다면 학비와 생활비가 보장될 금액이었다. 조금 망설이면서도 제일 먼저 초호를 떠올렸다.

　'초호와 첫 키스 하는 순간을 팔아볼까?'

　부덕한 상상에 약간 죄책감이 스치긴 했지만 이성적으로 생각했다.

'앞으로 키스를 딱 한 번만 할 건 아니잖아. 첫 경험에 너무 큰 의미를 부여할 필요도 없고…….'

그렇게 나는 초호와의 사랑을 놓치지 않으면서도 생계를 꾸릴 계획을 세웠다.

초호와 처음 키스한 순간, 나는 촉감이나 미각 같은 단순한 감각 이상의 강렬함을 느꼈다. 누군가에게 온전히 그리고 충분히 사랑받고 있다는 느낌. 살면서 처음 느끼는 기분이었다. 성적 호르몬인지, 감격으로 인한 열기인지, 눈물인지……. 이상한 느낌이 온몸에 찰랑거리며 차오르는 걸 느꼈다. 이 순간이야말로 인생의 클라이맥스일지도 몰랐다.

애써 외면해오기는 했지만 웬만한 사람은 감당할 수 없을 만큼 외로웠다. 학대받고 버림받은 삶을 이제야 과거로 떠나보낸다고 느꼈다. 공허함이 천천히 채워지듯 충만함을 느끼며 나는 초호와 입을 맞췄다. 그 순간 손바닥 안의 버튼을 꾹 눌렀다.

"혜원아, 괜찮아?"

얼마나 시간이 흐른 걸까? 내 방 침대에 누워 눈을 떴다. 곁에서 초호가 울먹거렸다.

"죽은 줄 알았잖아. 얼마나 놀랐는데……."

나는 멋쩍음을 무마하려 주절댔다.

"너랑 키스하는 게 기절할 정도로 좋았나 보다."

초호는 두려움이 가득한 눈으로 나를 바라보았다. 곧장 두 번째 키스를 시도하지 않는 걸로 보아 잔뜩 겁을 먹은 모양이었다.

포워딩에 걸린 시간은 약 오 분일 테지만 그날 이후 초호와 조금씩 어색해졌다. 여전히 대화는 즐거웠지만 묘하게 서먹했다. 가끔 키스했고 또 가끔 기억이 끊겼다. 내가 클라이맥스를 포워딩할 때마다 초호는 죽은 사람을 본 것처럼 떨었다. 초호가 심하게 불안해하는 바람에 포워딩에 대해 솔직히 말하기도 꺼려졌다.

차라리 초호가 아닌 남자와 키스해 그 감각을 포워딩할걸, 하고 조금 후회했다. 하지만 초호가 아니었다면 이 정도의 충족감을 얻기는 어려웠을 거고 그건 클라이맥스가 되지 못했을 거였다. 포워딩해봐야 큰돈을 보상받지도 못할 게 뻔했다. 요즘 K사는 아이스크림을 먹으며 추억에 잠기는 정도의 소소한 오감 따위는 매입해주지도 않았다.

상황이 복잡해진 것은 루다 때문이었다. 루다의 질투가 폭발하고 말았다. 루다가 초호를 좋아하는 줄은 몰랐다. 아니, 루다는 내가 가진 것을 용납하지 못하는 것 같았다. 나를 향한 루다의 히스테릭한 언행이 극심해졌고 주변 일들이 자꾸 꼬이기 시작했다. 루다가 헛소문을 퍼뜨렸거나 혹은 누군가를 사주해 내 일에 훼방을 놓는 것 같았다. 친구라고 부르긴 했지만 그저 그런 사이라고 생각했었는데 갑자기 내 인생에서 존재감을 키웠다. 원치 않은 방향이었기에 아주 귀찮고 불쾌했다.

초호와는 점차 관계가 삐걱댔다. 나는 전혀 기억하지 못하는 일을 언급하며 초호가 웃었을 땐 상당히 불편했다. 마치 초호가 다른 이와의 불륜을 당당히 말하는 것처럼 들렸다. 둘이 함께 보낸 '지금'이라는 순간에 괴리가 생겼다. 같은 순간을 떠올린대도 그때를 기억하는 둘의 감정과 온도는 확연히 달랐다. 내가 무슨 순간을 팔았는지도 기억나지 않았다. 우리는 분명히 반짝이는 멋진 순간 속에 있었는데 내게는 그 일이 추억으로 축적되지 않았다. 함께 보냈던 특별하고 소중한 순간, 둘만의 클라이맥스가 내게는 없었다. 찰나의 순간을 놓쳤을 뿐이라 생각했는데 어느새 우리 사이엔 큰 공백이 남았다.

초호는 혼자서만 내달리기 시작했다. 초호가 뜨거워질수록 나는 냉랭해졌다. 어느 날, 초호가 긴장한 얼굴로 사랑을 고백했고 나는 얼떨떨했다. 초호가 그렇게까지 나를 사랑하는 이유가 납득되지 않았다. 내 일을 두고도 나는 공감할 수 없었다. 차선의 삶도 나쁘지 않다고만 생각했는데 이전보다 더 외로워지고 말았다. 내가 이미 가졌고 또 경험한 것을 동경하다 그 순간을 가졌던 이전의 나를 질투하는 처지가 되고 말았다. 무언가 중요한 것을 놓쳤다. 잃어도 괜찮다고 생각했던 순간이 있었는데, 다 모아보니 모든 게 너무 소중했다.

오랜만에 아저씨가 연락을 주었다. 아저씨는 초호와 헤어지지 말라고 조언했다.

"웬일이에요? 아저씨가 오지랖을 부리는 일도 다 있네요?"

아저씨는 어깨를 한번 으쓱하더니 비밀스럽게 소곤거렸다.

"K사는 오감 DB를 인공지능의 학습뿐 아니라 사람들에게도 팔았어. 심리상담을 위한 콘텐츠로."

"흠……."

무덤덤한 내 반응을 보며 아저씨는 변명하듯 설명했다.

"시각 정보와 음성을 상당히 변형했기 때문에 너의 프라이버시가 침해받을 일은 없을 거야."

아저씨는 내 오감을 줄곧 지켜본 사람이 있다고 했다. 그가 나의 후견인이 되어 큰돈을 지급하겠다고 제안했다고. 과거의 일들을 모두 지켜보고 나니 내가 경험할 앞으로의 일들까지 독점하고 싶은 모양이었다. 어이가 없었다.

나는 아저씨에게 물었다.

"그래서, 나보고 뭘 하래요?"

"네가 초호와의 사랑을 잃지 않길 바란대. 사랑은 특별한 경험이니까."

"그게 그렇게 특별한 경험이라면 직접 하면 되잖아요."

내가 반문했지만 아저씨는 말없이 고개만 저었다. 무언으로 나를 설득하려는 아저씨의 눈빛을 보며 나는 클라이맥스 매입자가 나와 초호가 사랑을 나누는 순간까지 사들이고 싶어 한다는 걸 눈치챘다.

그러니까 이렇게 평범하고 사소한 일들을 비싼 돈으로 사지 않고선 경험할 수 없는 사람들도 있는 것이다. 이건 내가 우월감을 느껴도 되는 상황일까?

"혜원이 네가 아니었다면 초호도 사랑에 빠지지 않았을 거야. 초호와의 사랑이 없었으면 너도 인생의 허무함을 극복하는 감각을 끌어 올리지 못했을 거고. 네가 얼마나 특별한 경험을 한 건지 알았으면 좋겠다."

복잡한 심정이었다. 내 후견인을 자처하는 돈 많은 누군가는 영원히 경험할 수 없는 순간이었다. 나는 그걸 오 분 정도의 경험이라고만 생각했고, 언제든 다른 차선으로 대체할 수 있을 거라 여기고 팔아넘긴 것이다.

도대체 어떤 권태로운 부자가 새로운 쾌감을 느끼고 싶었을까? 젊은 사람의 팔팔한 감각을 대리 체험 하고 싶은 노망난 노인일까? 아니면 자기 감각을 잃고 남의 삶으로 대리 만족 하고 싶은 결핍 있는 사람일까? 인공지능보다 못한 학습 능력을 가진 사람일까?

아저씨는 그 자리에서 큰 금액을 선급금으로 입금했다. 기분이 나쁘긴 했지만 늙은 부호든 뭐든 간에 그가 조금 불쌍하다 느꼈다. 묘한 우월감에 우쭐하며 나는 제안을 수락했다.

그길로 나는 초호에게 연락했다. 내 사랑을 회복하면서 동시에 큰돈을 벌 수 있는 길이었다. 초호와 뭐든 시도해보고 싶다고 생각해왔었다. 그 순간의 감정을 양도하더라도 다른 기회에 보충하면 된다고 여겼다. 그게 꼭 차선이 되리라는 법도 없었다. 첫 번째는 시행착오일 뿐, 어쩌면 두 번째 경험이 최선일 수도 있다. 매번 각오했던 방식을 재차 떠올리며 나는 초호네 현관을 두드렸다.

그런데 초호의 방에 들어서자마자 의외의 감각이 온몸을 휘저었다.

'이런…….'

모든 상황이 불쾌할 정도로 끔찍했다. 초호의 표정, 몸짓, 방 안의 공기. 모든 순간에 내가 없었다. 이건 흡사 모르는 사람의 공간에, 아니 치한의 방에 들어선 느낌까지 들었다.

'어떡하지.'

초호가 나를 안는 순간 온몸의 혈관 속으로 개미 떼가 파고드는 듯한 이물감을 느꼈다. 그 순간 나는 손안의 버튼을 눌러버렸다. 행복해서가 아니었다. 내 것이 아닌 이 불쾌한 순간을 그냥 다른 이에게 떠넘겨버리고 싶었다. 나는 정신을 잃었고 어렴풋이 초호의 비명이 들렸다. 잠시 후 나는 응급실에서 눈을 떴다. 초호의 얼굴에는 걱정이 아니라 망연자실함이 고여 있었다. 초호가 나를 포기하는 순간을 지켜보고 말았다.

얼마 후 초호와는 결국 헤어졌다. 초호는 내게 특수한 질병이 있다고 생각했다.

"혜원이 네가 아프지 않았으면 좋겠다."

그렇게 말하면서 초호는 나를 밀어냈다.

"누군가의 특별한 상황을 감당하기엔 내가 너무 부족하다는 걸 알았어."

평범한 사랑을 하고 싶다고 말하며 정작 자기가 더 괴롭다는 듯 과장스럽게 슬퍼하는 초호 얼굴을 보았을 때 나는 정말로 상처를 받았다. 상대의 특수함이 제 눈에 거슬리지 않는 게 너에게는 평범함이구나.

초호와 헤어진 뒤 나는 초호가 멀어진 길의 반대 방향을 향해 걷기 시작했다.

'근데 그날 내 오감을 매입해서 체험한 사람은 어떻게 됐을까?'

그를 상상하다 입가에 슬며시 웃음이 번졌다. 최고의 순간만 탐하더니 최악의 감각을 떠안았을 거다. 그도 꽤 상처를 입었을 거라 생각하니 통쾌했다.

그날로 클라이맥스 포워더를 그만두었다. 조금 덜 행복한, 차선의 순간만이 내 삶이라 여겼지만 차선조차 남지 않았다. 내가 팔았던 건 내가 잃은 것 이상이었다.

오랜만에 루다가 연락을 주었다. 누가 봐도 불행해 보일 초췌한 내 얼굴을 보더니 루다가 안쓰러운 표정으로 나를 안고는 등을 토닥였다. 그런 루다는 몹시 편안해 보였다. 우리는 처음 만났을 때처럼 친구로 돌아갔다. 서로를 무심하게 대할 수 있는 그저 그런 사이로.

*

손바닥 속 버튼을 제거하고 다시 인생의 걸음마를 시작하는 마음이었다. 클라이맥스를 팔아서 얻게 될 보상을 포기하자 죽도록 일해야 했다. 생계를 그럭저럭 꾸리는 일만으로 이십대가 훌쩍 흘러가고 있었다. 최선의 순간을 만나기를 감히 기대하지는 않았다. 그저 남은 인생까지 다 놓쳐버리는 일만은 하고 싶지 않았다. 이제 생각하니 클라이맥스 포워딩은 도무지 이해타산이 맞지 않는 거래였다.

일상이 바빠지자 어떤 일들이 최선이고 차선일지 생각할 여유조차 없었다. 매 순간 대체로 무감각했다. 긍정적이었던 예전의 나를 떠올리며 가끔은 차선 이상이라 느낄 순간들을 일부러 찾아 나섰다. 편안하고 좋은 순간, 안심할 수 있는 상황, 만족할 수 있고 행복한 삶을 기원하며 걸음을 옮겼다. 내가 작은 일에도 큰 기쁨을 느끼던 사람이었음을 상기하려 애썼다. 열심히 일했고 돈을 아껴 좋은 음식을 먹었다. 좋은 사람을 만나고 싶었고 나 역시 좋은 사람이 되려 애썼다. 그래서 루다와는 인연을 끊었다.

인간관계란 원래 그렇고 그런 거라는 말에는 내심

반발했다. 상대를 제대로 알기도 전에 이미 판정을 끝내거나 아예 포기하는 사람은 최대한 피했다. 소소한 충족감과 즐거움 안에도 최선이 있을 거라 믿었다. 조금 더어릴 때 깨달았다면 어마어마한 감동으로 몸을 떨었겠지만 뒤늦은 행복도 나쁘지 않을 것이다. 후회도 어쩌면지금의 내겐 최선이었다.

물론 잃어버린 것을 생각할수록 억울했다. 한번 답답한 마음을 느끼면 좀처럼 빠져나올 수가 없었다. 내가 너무 귀여운 바람에 만화 주인공처럼 시련을 겪는다며 허풍을 떨던 순간이 아득하게 먼 과거처럼 느껴졌다. 아무래도 나는 그때와 다른 사람이 된 모양이었다. 너무빨리 늙어버렸는지도 몰랐다.

우연히 초호가 결혼한다는 소식을 들었다. 결혼 상대가 루다라는 것을 알았을 때 나는 주체할 수 없는 감정에 휩싸였다. 심장이 갈기갈기 찢어지는 듯 통증을 느꼈다. 상실감과 질투, 불쾌함, 혐오감…… 전에 한 번도느끼지 못한 감정이었다. 당장 두 사람을 찾아가 해코지하고 싶을 만큼 나는 낯선 감정에 휩싸였다. 악의였다. 내가 가졌어야 할 행복을 가로챈 루다를 증오했다.

이럴 때일수록 이성적으로 생각해야 했다. 마음이

조급했고 온몸이 덜덜 떨렸다. 나는 내가 복수해야 할 대상을 떠올리며 아저씨를 찾아갔다. 다시 클라이맥스 포워더로 일하게 해달라고 부탁했고 손바닥에 버튼을 재이식했다. 서버와 연결되었다는 연락을 듣자마자 그 길로 나는 3층 높이의 가파르고 긴 계단의 가장 꼭대기에서 몸을 던졌다. 머리가 바닥에 부딪치고 관절이 이상한 각도로 꺾이고 전신에 타격을 느낀 그 순간, 나는 손바닥의 버튼을 힘껏 눌렀다.

'고통스러운 순간까지 네가 다 가지렴!'

나는 정신을 잃었다. 남에게 양도해버린 그 순간의 통증은 기억나지 않을 것이다. 노곤할 정도로 기분이 좋았다. 이건 다른 종류의 클라이맥스였다. 최악의 정점이었다.

며칠 동안 마취약 속에 절었다가 전치 8주라는 말을 듣고 눈을 떴다. 척추를 포함한 전신 골절이라 회복에 상당한 시간이 걸린다는 설명을 무심하게 흘려들었다. 딱히 빠른 회복을 원하지도 않았다. 견딜 수 없이 아플 때면 손바닥 버튼을 눌렀다. 가장 소중한 순간을 양도했던 것처럼 가장 아픈 순간마저 타인에게 포워딩해버렸다. 멍청한 인공지능 놈들과 더 멍청한 인간들아, 내 아픔도, 응어리진 질투까지도 제대로 학습하렴.

진통제에 취해 있다가 간신히 눈을 뜨자 아저씨가 보였다. 한숨을 내쉬며 머리맡에서 나를 내려다보고 있었다.

"너도 참 어리석은 짓을 했구나. 이제 속이 후련하니?"

평소엔 말리지도 않았으면서 아저씨는 이번만큼은 나를 조금 힐난했다. 나도 뭐라 핀잔하려 했는데 목소리가 전혀 나오지 않았다. 손가락 끝도 까닥할 수 없고 겨우 눈동자만 굴릴 수 있는 상태였다. 나는 허공에 떠오른 투명한 문자판을 노려보았다. 그 안에 자음과 모음을 시선으로 하나씩 훑자 화면 위에 내가 만든 문장이 떴다. 마침표를 노려보자 곧 인공 목소리가 문장을 음성합성으로 읽어 내려갔다.

—아저씨, 이것도 클라이맥스니까 그 후견인한테 꼭 넘기세요. 나 지금 최고로 최악이거든요. 하하하.

뒤에 붙인 하하하, 라는 표현이 건조하고 인공적인 목소리로 변환되어 흘렀다. 아주 재미없게 들리는 웃음소리였다. 아저씨도 나도 웃지 않았다.

아저씨는 처음 만났을 때도 보이지 않은 표정으로 말했다.

"심심할 때 이거 한번 체험해봐. 네 클라이맥스를

전부터 매입했던 후견인이 네게 전해달라고 하더라."

아저씨는 오감 데이터 체험 방법을 알려주고는 방을 나갔다. 나는 혼자 남아 데이터 파일을 하나씩 열어보기 시작했다. 그 순간 여기 병실과는 다른 풍경 속으로 순식간에 빨려 들어갔다. 그곳의 바람과 냄새, 촉감까지 갑자기 몸속에 펼쳐졌다. 오감 데이터의 재현이었다. 후견인들도 이런 방식으로 타인의 오감을 체험하고 있는 거였다. 그리고 어딘지 익숙한 장면들이 보였다. 그건 내가 양도한 유년의 순간들이었다. 직접 경험했지만 나는 전혀 기억하지 못하는 내 인생의 클라이맥스였다.

첫 번째 데이터는 드디어 살았다고 안도하며 아이스크림을 먹는 순간이었다. 나는 그때 기억을 어렴풋이 상기했다.

'그때 내가 울었었구나.'

오 분도 안 되는 짧은 순간이라 데이터 확인에 긴 시간도 소요되지 않았다. 소소한 일에도 무한한 감사를 느끼며 시설에서 성장한 시절의 데이터도 순서대로 확인했다. 루다를 처음 만나 친구라고 부를 인간관계가 생긴 뒤, 처음으로 삶의 안온함과 충족감을 느낀 순간도 보았다. 그때 나는 루다에게 고마워했다. 초호를 만나며 사랑받고, 사랑하고 있다고 느낀 순간에는 인생을 통째로 보상받았다 생각하며 충만했다. 데이터 속에는 그 순간 느낀 오감이 고스란히 남아 있었다. 어떻게 재현하는 것인지 모르겠지만 그때의 향기와 온도까지 똑똑히 체감되었다. 전부 내가 포워딩하고는 놓쳐버린 순간이었다. 하나씩 전부 체험해보며 그동안의 삶을 반추했다. 잃어버렸던 순간이라 생각하니 무척 아쉬웠지만 이렇게 보니 인생 최고의 순간도 아닌 것만 같았다. 그때라면 크나큰 감동을 느꼈을 테지만 지금 보니 그저 소소한 순간이었다.

데이터를 한참 들여다보다 내 오감이 아닌 것을 발견했다. 후견인의 데이터인 모양이었다. 그런데 이상했다. 분명히 내가 경험한 순간인데 이를 전혀 다른 맥락으로 감지하고 있었다.

한 사람이 초호와 함께 이야기를 나누고 있었다. 그 순간 그의 오감이 쨍하게 예민해졌다. 초호의 손을 잡고 흔들리는 초호의 눈을 들여다보았다. 내가 알던 초호가 아닌 것 같아 조금 신기하고 새로웠다. 나는 초호와 어긋나기 시작하면서 대화를 포기했었다. 내 문제를 감당하지 못하겠다며 미리 단념한 초호의 속내를 알아챘을 때 나는 곧장 자리를 떴다. 초호를 포기해버린 나와는 달리, 그 사람은 초호와 함께 인생의 클라이맥스를 만들어내고 있었다. 얼마 후, 초호가 자꾸만 먼 곳을 보던 시선을 고정해 가만히 그를 바라보았다. 그건 루다의 클라이맥스였다. 루다는 초호를 포기하지 않았고 초호가 루다를 포기하지 않도록 만들었다.

왜인지 모르겠지만 루다의 클라이맥스 데이터가 대량으로 섞여 있었다. 데이터를 뒤지다 루다가 나와 처음만나 살갑게 팔짱을 끼던 순간을 발견했다. 루다는 나를처음 봤을 때 살갑게 다가와 팔짱을 꼈다. 이상한 일이었다.

'이게 너의 클라이맥스였어?'

그때 루다는 내가 기억하는 것 이상으로 훨씬 감격했었다. 루다도 클라이맥스 포워더로 일했던 걸까?

아저씨는 이걸 왜 내게 건네준 거지? 나는 한 소녀가 경험한 옛일들을 순서대로 들여다보기 시작했다.

*

유복한 환경 속에 머물면서도 소녀는 줄곧 위축되고 불안정했다. 사랑받지 못한다고 느꼈고 한동안 등교도 거부하고 방 안에만 머물렀다. 소녀는 불행한 또래 소녀의 인생을 대리 체험 했다. 그 애보다는 자기 삶이 낫다고 안도했지만 부모는 종종 협박했다. 부모 말을 안 듣고 일탈하면 불행한 삶으로 다시 추락할 거라고 했다.

'다시 추락한다고?'

소녀의 부모는 소녀에게 나의 과거를 경험하게 했다. 소녀는 나의 클라이맥스를 자신의 어릴 적 기억으로 알고 경험했다. 소녀의 부모는 소녀가 지금의 환경에 감사하기를 바랐지만 소녀는 큰 혼란을 느꼈다.

타인의 불행을 두려워하다 아예 불행 속에 머물게 된 걸까. 소녀는 집착하듯 사람들의 최악의 감각들을 수집했다. 불안을 대리 체험 하며 이상하게도 안정감을 얻었다. 불안한 사람이 소소하게 감격하는 순간까지 불행의 클라이맥스로 여기며 소비했다. 소녀는 누군가의 최악의 순간을 계속 탐닉하면서 쾌감을 얻었다. 소녀는 자신이 겪지 않은 최악의 순간들을 그리워했고 자기 삶이 불행해질 일을 두근대며 기대했다. 그렇게 자기 삶과 남의 삶을 나란히 두고 최악을 향해 내달렸다.

얼마 후 소녀는 오래 머물렀던 방을 나서 세상으로 나왔다. 그는 검정고시를 치렀고 성장해갔다. 오랜 시간을 들여 자기 삶과 남의 삶을 구분해냈다. 때때로 혼란스러웠지만 자신의 진짜 삶만을 남기기 위해 분투했다.

소녀는 대학에 들어가 나를 만났다. 인생에서 처음

으로 만난 친구, 마치 오래 알고 지낸 것처럼 상대의 아픔과 외로움을 알아보았다. 루다를 처음 만났던 순간이 떠올랐다. 루다는 살가웠다. 가족도 친구도 없던 나에게 루다는 깊은 동질감을 느끼고 있었다.

우리가 직접 만나기 전부터 루다는 내 클라이맥스 데이터를 통해 나를 알고 있었다. 루다의 부모는 K사의 임원이었고, 교육용이라는 명목으로 나처럼 불행한 아이의 경험을 루다에게 협박하듯 체험시키고 있었다. 성인이 된 후로도 루다는 내 클라이맥스를 계속 체험했다. 자신의 두 번째 삶처럼 내게 집착하며 계속 내 인생을 대리로 경험하고 있었다. 질투 이상의 동일시였다.

나도 루다의 순간을, 최악의 클라이맥스를 체험했다. 루다는 부유한 환경 속에 있었지만 줄곧 버림받아 왔다. 우리의 결핍은 종류는 다르지만 어쩐지 비슷했다. 그 이유를 알 것만 같았다. 우리 마음속에는 부모가 만들어놓은 깊은 우물과 암흑이 있었다.

루다는 나를 자기 자신처럼 여겼다. 사랑하고 또 미워했다. 내가 가진 결핍에 자신도 초조해했다. 자기를 견디기 힘들어하는 것만큼 나를 견디지 못했다. 박탈감도 나만큼 아는 사람이라, 나의 공허함을 나 이상으로 느꼈다. 나는 루다가 나와는 전혀 다른 사람이라 느끼면서도 루다를 언제나 의식했다. 이상한 연루였다.

그런데 루다의 클라이맥스 데이터가 어느 순간부터 달라졌다. 최악이 차악이 되고, 차선이 되더니 최선이 되어갔다. 비교적 최근 데이터였다. 그 시절 루다 곁에는 초호가 있었다. 루다는 나보다 더 단단한 마음으로 초호를 사랑하고 있었다. 상대를 포기하지 않는 마음, 그건 내가 한 번도 품어보지 못한 마음이었다.

나와 초호가 만나기 전부터 두 사람은 아는 사이였다. 초호는 나와 헤어진 뒤 루다와 사귀었다. 둘은 결혼하고 출산했다. 루다는 그 후로도 종종 외로웠다. 결혼후 루다는 최악의 클라이맥스를 전송하지는 않은 모양이었다. 마치 이 고통을 누군가에게 떠넘길 수 없다는 듯 혼자서만 끌어안고 있었던 걸까.

왜 내게 루다의 오감 데이터까지 건네준 거지? 나는 아저씨에게 물었다.

—아저씨는 무슨 일을 하는 거죠? 왜 우리에게 이런 일들을 겪게 한 거예요?

아저씨는 친절한 척 연기하지도 않고 무심한 표정으로 말했다.

"난 인간이 경험할 수 있는 절실한 순간들을 스카우트하고 있을 뿐이야. K사의 기술에 꼭 필요하거든. 너희를 위해 일하는 게 아니다.”

아, 그냥 돈 받고 일하는 중이었구나. 왜 매번 나를 저지하지도 나무라지도 않았는지 이제야 이해했다. 그는 그저 무관심했던 거였다. 이렇게 가까운 곳에서 내 삶을 속속들이 지켜보면서도 내게 무심할 수 있었던 것은 그가 복무하는 세계 속에서 나나 루다는 그저 실험 대상이기 때문이었을까.

아저씨가 이번에는 나무라듯 설명했다.

“요즘처럼 인간들이 생의 의욕을 잃은 시대에 타인의 절실함을 학습하는 건 중요해. 인공지능이든, 사람이든. 나야 이제 늙어서 다 귀찮거든. 너희처럼 사소한 일에 금세 뜨거워지는 애들의 인생이 잘 팔리는 법이지. 부러워.”

나 같은 애가 K사의 비밀을 알아챈대도 자신과 자신이 복무하는 세상의 규칙이 바뀔 리가 없다는 듯 아저씨는 심드렁했다. 어떤 기술이 우리 같은 사람을 망가뜨리더라도 상관없다는 뜻으로도 들렸다.

표정을 일그러뜨린 나를 내려다보며 아저씨는 내 어깨를 가볍게 두드렸다.

“뭐든 과유불급이다. 특히 질투라는 감정에 한번 빠지면 원상 복구가 불가능하더라. 삽으로 떠낸 냉동고 속

아이스크림처럼 말이야."

아저씨는 나와 루다가 유치한 감정에 휩쓸렸을 뿐이라고 했다. 그건 영원히 냉동고에만 머물다 죽어갈 거라고 저주하는 말이기도 했다.

나는 혼란스러웠다. 내 인생의 클라이맥스를 가져간 사람을 줄곧 용서할 수 없었다. 그런데 남의 인생까지 독점하고선 루다 너는 왜 피해자의 얼굴을 하고 있지? 나는 잃어버리지 않은 것을 박탈당한 자, 너는 다 빼앗고도 불행까지 사색하는 자.

그래서 너는 나를 만나 행복했니?

*

석 달 후 나는 휘청거리는 몸으로 병원을 나섰다. 어떻게 해야 이제라도 내 삶을 살 수 있을까? 고작 K사의 데이터로만 존재 의미를 남기는 이 삶을 과연 멈출 수 있을까? 어떤 자극에도 휘둘리지 않는다면, 무의미한 순간을 감내하는 것이 인생이라고 느끼며 최악도 최선도 떠올리지 않는다면 그땐 자유로워지는 것일까?

그 길로 루다를 찾아갔다. 루다의 집 앞을 서성이다 막 건물을 빠져나가는 남자를 지나쳤다. 그와 나는 서로를 알아보지 못했다. 한참 지난 뒤 그 사람이 초호였음을 깨달았지만 아무런 감정이 들지 않았다.

건물 앞 벤치에 주저앉았다. 한참 후 쓰레기를 버리러 나온 루다와 마주쳤다. 루다가 나를 알아보고 다가왔다.

"혜원아, 오랜만이야. 몸은 괜찮은 거야?"

루다가 전처럼 살가운 표정으로 달려오는 걸 보곤 조금 웃고 말았다. 우린 어쩌다 이렇게까지 서로를 의식하며 살게 된 걸까. 내가 살짝 웃어 보이자 루다 표정 속에 걸려 있던 긴장도 사라졌다.

으슬으슬 떨리는 저녁 공기를 호흡하며 우리는 한참이나 옛 기억을 나눴다. 루다가 처음으로 나를 친구라 불러주었던 순간이 완전히 새로운 인상으로 바뀌어 떠올랐다. 루다에게는 헤어진 쌍둥이를 만난 기분과 비슷했을까. 그 순간이 처음으로 애틋하게 느껴졌다.

루다는 K사에 대해 오래 조사해온 것을 내게 이야기해주었다.

"어릴 때 우리 부모님이 내게 너의 오감을 주입한 것처럼 K사는 인공지능 학습용 오감을 은밀하게 유출시키고 있어. 쾌감은 매입자가 누리기 위해 비싸게 팔렸고, 불쾌감은 남을 무너뜨리기 위해 비싸게 팔렸지. 지금도 꽤 큰 시장이야."

"그랬던 거구나."

나는 K사의 사업에 대해 뒤늦게 알게 된 것보다 루다가 부모에게 학대당한 일을 뒤늦게 알게 된 것에 더 분개했다. 몸과 마음이 망가진 뒤에야 서로를 이해하게 된 것도 억울했다.

"루다야, 우리 이제라도 친구로 되돌아갈 수 있을까."

아마도 어렵겠지……. 루다의 대답이 긍정이면 연기일 것이고 부정이면 솔직함일 것이다. 어느 쪽이든 오늘이 루다를 만날 마지막 날이 될 거라고 생각한 순간, 루다가 나를 보며 의외의 답을 했다.

"내게 두 개의 계획이 있어."

예상외의 말에 고개를 갸웃하자 루다가 설명했다.

"이건 내가 그동안 광적으로 수집한 온갖 불쾌하고 불결하고 혐오스러운 오감이야. 쾌감만 누려온 사람에게도 인류 최악의 클라이맥스를 좀 가르쳐줘야 할 것 같아."

"어떻게?"

루다는 대답 대신 카드를 하나 내보였다. K사의 로고와 보안 경고 문구가 보였다. 서버실 카드키였다.

"실험 대상들에게도 할 말이 있다는 것 정도는 들려 줘야 하지 않겠어?"

루다와 나는 함께 걷기 시작했다. 루다와 오랜만에 걸음을 나란히 했다. 느리고 휘청이는 걸음에 루다가 속도를 맞춰주었다. 나는 K사에게 내 삶을 몽땅 팔아넘겼고 루다는 K사로부터 삶을 몽땅 조작당했다. 지금까지 우리는 입장이 다르고 환경이 다르고 같이 손잡을 여지도 없는, 그저 그런 사이였다. 그렇게 서로의 인생에 큰 의미가 없는 상대라고 생각했지만 걸음을 나란히 한 이 순간만큼은 같은 처지가 되었다.

*

K사의 임원 사무실로 연결된 서버실에 진입했다. 루다는 자신이 오래 수집한 데이터를 K사의 비밀 서버에 업로드했다. 물론 이전 데이터는 모두 제거했다.

K사의 서버실에 있으니 세상의 전모가 한눈에 보이는 것 같았다. 평범하게 불행한 사람들이 자기 삶을 삼키고 견디며 간신히 버텨왔다. 그리고 이 일들을 남의 삶으로만 여기며 간편하게 소비해온 사람들이 있었다. 인공지능에게 인간의 절실한 순간을 학습시키려다 문

득 장사를 생각한 사람들도 있었다. 누군가의 삶을 엔터테인먼트 콘텐츠처럼 판매할 일만 생각했겠지. 이 순간이 당사자에게 어떤 의미인지 이해할 생각은 없었던 것이다.

나는 이번에야말로 루다에게 말해야겠다고 생각했다. 그동안 나조차 알아채지 못했던 속내였다.

"루다야, 난 너라는 친구를 만난 뒤에 처음으로 삶의 안온함과 충족감을 느꼈어. 네가 살아온 삶이랑 완전히 다른 나와 친구가 되어줘서 고마워."

그러자 루다가 조금 웃었다.

"난 그냥, 네가 나의 또 다른 버전 같았어."

루다의 계획을 함께 실행하며 나는 비로소 우리가 친구임을 느꼈다. 우정이라고 정의하지 않았던 순간들조차 시간이 지난 뒤에 우정이라고 부를 수 있다는 것도 알게 되었다. 그동안 함께 축적해온 것이 없다고 생각했는데, 이 순간은 나와 루다의 첫 클라이맥스라 부를 수 있을지도 몰랐다.

루다의 데이터가 서버로 업로드되었다. 관리 창에서 경고 표시가 뜨기 시작했다. K사의 비밀 소비자들이 모두 감각 폭주를 일으키고 있었다. 잠시 후, 안에서 잠근 서버실 문이 요란하게 흔들리기 시작했다.

"혜원아, 너도 혹시 나와 비슷한 동질감을 느끼고 있다면 말이야……."

"응."

"우리, 서로의 오감을 교환해볼래? 꼭 클라이맥스가 아니어도 괜찮아."

"오, 그럴까?"

루다는 나와 루다의 몸에 장착된 기기의 시리얼 넘버를 특정한 뒤 서버에서 기기를 찾아냈고 두 기기를 직접 연동했다.

"됐다, 이제 실시간으로도 연결할 수 있어. 구상은 오래 했었는데 실제 테스트는 처음이야."

우리는 각자 그 자리에 서서 가만히 눈을 감고는 손바닥의 버튼을 눌렀다. 감각 감도가 과도하게 높지 않았기 때문에 기억을 잃지는 않았다. 나는 천천히 심호흡했다.

루다의 오감이 내 몸으로 밀려들고 있었다. 루다의 감각으로 느끼는 심장박동과 함께 루다의 코로 맡고 있는 소독약 냄새가 감지됐다. 방금 병원에서 나온 내게서 나는 소독약 냄새일 거였다. 그리고 감은 눈 속에 눈을 감고 있는 내가 보였다. 루다도 지금 이 감각을 느끼고 있겠지? 이건 서로의 오감을 동시에 교환하는 일이었다. 우리는 서로의 감각을 동시에 체감했다. 상대의 순간이 나의 현재 속에 펼쳐졌다. 그리고 내 순간이 상대에게 펼쳐지는 것을 지켜보았다. 마치 마주 보고 있는 거울처럼 무한히 서로의 상을 비추는 게 신비하고 아름다웠다.

"너는 이렇게 세상을 보고 있었구나."

내가 혼잣말처럼 조용히 말하자 루다도 혼잣말하듯 내게 말했다.

"혜원아, 그동안 왜 말 안 했어. 난 줄곧 네가 나를 귀찮아하는 줄로만 알았어."

"그럴 리가. 난 네가 나를 미워하는 줄로 알았었지."

우리는 서로에 대해 누구보다 잘 알고 있었지만 오늘 또 서로를 새롭게 이해했다.

K사는 전혀 기획하지 않았을 테지만 누군가의 삶을 자기 삶처럼 느낀다는 건 동시에 다른 생을 자기 삶처럼 마주한다는 뜻이다. 두 배의 감각, 두 개의 인생이 동시에 감지되는 일이다. 초호를 끝끝내 사랑한 루다의 삶을 나는 가보지 못한 또 다른 선택지로 느끼듯. 정말로 다른 버전의 내 삶을 경험하는 일 같았다.

기획자들이 의도하지 않은 일들 속에서 신선한 감각을 느꼈다. 그건 꼭 최선이거나 최악, 차선이나 차악이 아니었지만, 두 개의 인생을 동시에 사는 듯한 기묘한 감각이었다. 이상한 일체감이었다. 나의 편협함으로도 상대의 절실함을 이해할 수 있었다.

루다의 감각은 상상 이상으로 단단했다. 나는 아직도 인생에 휘둘리고 있었는데 루다는 자기 삶이 흔들리지 않도록 만들어가고 있던 모양이다. 단단한 감각을 통해 보니 내가 보고 있는 세상도 조금 달리 보이는 듯했다. 처음으로 느끼는 감각이었다. 여러 일을 겪으며 마음이 진즉 노화했다고 생각했었는데 나 혼자선 직접 겪을 수 없는 완전히 새로운 경험을 했다. 이토록 설레는 감각을 느낄 거라고는 기대한 적이 없었다.

루다를 통해 비로소 알게 되었다. 내가 경험하지 못한 인생까지 두 배로 삶을 감각하는 것이 우정이라는 것을. 잠시 후 연동되었던 감각이 서서히 사라졌다. 서버실 문이 부서지기 직전, 우리는 옆방 문을 통해 다른 출구로 빠져나갔다.

얼마 후 K사에 대한 뉴스를 보았다. 대대적인 뉴스는 보도되지 않았지만 몇 가지 해프닝 같은 기사를 통해 상황을 짐작할 수 있었다. 관리자들이 서둘러 복구했지만 최악의 클라이맥스를 체험한 사람들이 있었다. 이들은 K사에 막대한 금액의 손해배상을 청구했다. K사의 주식은 폭락했다. 오감 포워더들도 자취를 감추었다. 아저씨는 다른 데이터를 찾아 나서거나 다른 기술에 복무해야 할 터였다. 그리고 K사가 벌였던 은밀한 일들은 세상에 한 번도 일어나지 않았던 일이 되어가고 있었다.

그 와중에도 루다가 솜씨 좋게 숨긴 덕에 우리는 베타 버전 시스템을 통해 우리 둘만의 감각 연동 프로그램을 이용할 수 있었다. 우리는 종종 서로의 감각을 맞교환했다. 두 배의 감각을 느끼는 특별한 경험이었다.

며칠 전, 산 정상에서 바닷가에 있는 루다와 감각을 교환했다. 짧은 교환이었지만 특별한 감각을 얻었다. 나는 파도 소리가 잔향처럼 귓속에서 맴도는 걸 느끼며 천천히 산을 내려갔다. 루다에게 전할 다음번 감각을, 반드시 찾아낼 또 다른 새로운 순간을, 손바닥의 버튼을 지그시 누를 다음 순간을 기다리며 걸음을 내디뎠다. 나혼자였다면 절대 알 수 없었을 또 다른 감각이 생의 다음 단계 어딘가에서 반드시 나를 기다리고 있을 것만 같았다.

김쿠만

벌룬 파이터

김쿠만

2020년 웹진 『던전』에 입장했고, 2021년 문예지 『에픽』에 등장했으며, 2022년에 소설집 『레트로 마니아』를, 2024년에 장편소설 『신들린 게임과 개발자들』을, 2025년에는 소설집 『원스 어폰 어 타임 인 판교』를 책장에 꽂았다.

이른바 '풍선 전쟁'이라고 명명됐던 그 어이없는 전쟁은 전문가들의 예상보다 오래 이어졌다. 선선히 불어오는 북해의 계절풍을 타고 남녘으로 날아온 첫 번째 풍선에는 어느 곳에서도 쓰지 못할 정도로 가치가 형편없이 떨어진 화폐와 곳곳에 싹이 자라난 썩은 감자 몇 덩이가 묶여 있었는데, 사령부 과학수사 연구소의 정밀 조사 결과 치명적이진 않지만 만지면 귀찮은 몇몇 증상에 시달릴 수 있는 유해 물질이 잔뜩 발려 있었다는 게 밝혀졌다.

사령부가 전 국민에게 '하늘에서 떨어지는 풍선을 주의하라'라는 성명을 발표했을 때, 풍선은 본격적으로 영공으로 날아들기 시작했다. 하루 평균 천 개가 넘는 풍선이 그쪽 하늘에서 이쪽 하늘로 넘어왔고, 그 정도 양이라면 성인 남성 한 명을 허공에 띄울 수 있을 정도였지만, 사람을 수천 개의 풍선에 묶어 공중에 띄우는 건 픽사에서 오래전에 만든 애니메이션에서나 펼쳐질 법한 광경이었기에 아무도 그런 일이 실제로 일어날 것이라곤 상상조차 하지 않았다.

그러나 때때로 현실이란 것은 헬륨 풍선처럼 허공을 향해 허황된 모습으로 떠오르기 마련이었다. 앞서 말했듯, 성인 남성 한 명을 공중에 띄우기 위해서는 수소와 헬륨을 꽉꽉 채운 풍선이 천 개 정도 필요했다. 그 정도 양의 풍선을 한데 뭉쳐놓으면 반지름 3미터 크기의 구가 될 정도였고, 그 정도 크기의 부유물이라면 3킬로미터 상공 위를 비행하고 있더라도 지면에서 쉽게 관측할 수 있었다.

첫 번째 '벌룬 파이터'의 비행 모습을 최초로 촬영한 사람은 '감악 산악회'의 총무였다. 그가 가을 하늘을 아득히 높이 떠다니는 흰색 풍선을 발견한 것은 정상에서 산악회 단체 사진을 찍을 즈음이었는데, 구매한 지 얼마 안 된 카메라의 화면 속에서 흰색 구름 사이를 유유히 부유하고 있던 풍선 더미를 발견한 그는 처음엔 이상한 점을 느끼지 못했다고 한다. 풍선이 하늘을 떠다니기 시작한 지 이 주째 되던 무렵이라 시민들은 하늘에 떠다니는 풍선을 시큰둥하게 쳐다볼 수밖에 없었다. 평소와 달리 풍선이 과하게 뭉쳐 있는 풍경을 보고서도.

그러나 총무가 큰맘 먹고 구매한 소니의 최신식 디지털카메라는 풍선을 시큰둥하게 바라보지 못했다. 먼 거리의 움직임까지도 인식할 수 있는 인공지능 기술이 이식된 디지털카메라는 액정 화면에 움직임이 있다는 경고성 알림을 계속 띄웠다. 그런 알림을 열 번 정도 봤을 때, 총무는 흥분한 목소리로 회원들을 향해 제발 가만히 좀 있으라고 소리쳤다. 그러나 회원들은 무려 삼분 삼십사 초 동안 가만히 있던 중이었고, 부동자세를 더 이상 견딜 수 없었던 회장이 총무에게 역으로 제발 그 망할 사진 좀 빨리 찍으라고 소리치자 총무는 어쩔 수 없이 셔터를 눌렀다. 그렇게 단 한 장의 사진을 촬영한 후, 액정 화면 속에서 박혀 있는 풍선 더미를 발견한 총무는 촬영 모드를 동영상으로 전환하며 이렇게 소리쳤다.

"풍선에 사람이 매달려 있다!"

공중파 저녁 뉴스에 제보된 이십이 초짜리 영상에서 알아들을 수 있는 소리는 그게 전부였다. 영상에 녹음된 나머지 소리는 제각기 웅성거리는 소리였고, 평균

연령이 66.7세인 산악회 회원들답게 그 웅성거림은 상대의 말을 안 듣고 자기만 떠들어대는 옛날 전통 시장의 모습과 유사해서 아무런 자막을 새겨 넣을 수 없을 정도로 난해하기 짝이 없었다. 그러나 그보다 더 난해하기 짝이 없었던 건 총무의 인터뷰였다. 어쩌다가 풍선을 발견했냐는 질문에 자신이 한 달 전에 구매한 신상 카메라의 성능에 대해 일장 연설을 늘어놓았던 그의 답변을 듣고 몇몇 시청자는 이젠 뉴스에서마저도 PPL을 하는 시대가 온 거냐고 한탄을 늘어놓을 수준이었으니까.

한탄을 늘어놓는 건 시청자뿐만이 아니었다. 풍선의 행방을 추적하다 놓쳤다고 대변인이 밝히자마자 키보드를 열심히 두들길 준비를 하던 기자 중 일부는 일제히 장탄식을 내뱉었다. 느린 속도로 날아다니는 풍선조차 제대로 쫓지 못할 정도로 우리의 방공망이 형편없냐는 질문에 대변인은 풍선은 엔진이 없어서 레이더에 포착되지 않기에 육안으로만 관측할 수 있다는 지극히 원론적인 대답을 내놓았다. 물론, 대부분의 원론적인 대답이 그랬듯이 대변인의 답변도 다소 의역된 채 보도됐다.

최첨단이라던 사령부의 방공망 시스템, 실상은 맨눈만도 못한 것으로 밝혀져…….

당연히 그 보도는 뜨거운 반응을 불러일으켰고, 그 뜨거운 반응 덕분에 사령부는 주말에도 총원 근무 투입이라는 극단적인 조치를 취했는데, 주말 출근한 군인들이 할 수 있는 일이라곤 스마트폰을 들여다보거나 각도를 최대로 젖힌 의자에 드러누워 낮잠을 청하는 것뿐이었다.

그사이 북풍을 타고 내려온 첫 번째 '벌룬 파이터'는 어느 폐쇄된 낚시터에 떨어지고 말았다. 풍선에 묶인 끈이 도통 풀리지 않는 바람에 하마터면 익사할 뻔했지만, 끈이 제 수명을 견디지 못하고 끊어져 전락하는 꼴은 가까스로 모면했다. 더럽게 젖은 몸을 이끌고 폐쇄된 낚시터와 연결된 폐쇄된 등산로로 발걸음을 옮기며 그는 자신에게 떨어진 지령을 곰곰이 다시 떠올리기 시작했다.

최소 30층 이상의 건물 위로 착륙해라. 만약 그러지 못한다면 도보로 그곳까지 다다른 다음 옥상에서 뛰어내려라.

하필이면 그가 떨어진 낚시터는 그런 고층 건물이 있는 곳과 거리가 한참이나 떨어진 장소였던지라 그는 바쁘게 발을 움직일 수밖에 없었다. 폐쇄된 등산로를 질주하던 그를 목격한 사람은 한 명도 없었다. 그건 그로선 나름 다행스러운 일이었지만 한편으로는 불행한 일이기도 했다. 왜냐, 길을 물을 수 있는 사람이 없었으니까. 그는 필리핀 루방섬에서 이십구 년 동안 전쟁을 치렀던 오노다 히로 소좌처럼 폐쇄된 등산로에서 홀로 고독하고 끝없는 전쟁을 치를 예정이었다. 그의 백골이 발견되는 시점은 모두가 북쪽에서 날아오던 풍선에 대해 새까맣게 잊을 정도로 시간이 한참이나 흐른 후의 일이었으니까.

한편, UN에서는 요즘 같은 시대에 별다른 장비 없이 사람을 풍선에 매달아 날려 보낸 북해의 행위를 두고 천인공노할 일이라며 규탄했지만, 여태까지 그랬던 것처럼 아무런 조치도 취하지 않았다. 그렇기에 북해 정부는 스스럼없이 두 번째 벌룬 파이터와 세 번째 벌룬 파이터를 날려 보냈다. 그들은 첫 번째 벌룬 파이터와 달리 백골로 바뀌지도 않았으며, 목표 지점에 정확히 낙하하는 것까지 성공했다. 그들의 목표 지점은 다름 아닌 수도 한복판에 있었다.

정확한 목표 지점에 착륙했던 두 번째 벌룬 파이터는 대추나무에 걸린 연처럼 높다란 주상복합아파트의 옥외 구조물에 처량하게 매달렸다. 수십 년 동안 수도의 하늘을 덮었던 고도 제한이라는 천장을 뚫고 우뚝 솟은 그 주상복합아파트는 망국의 임금들이 살았던 고궁

이 성냥갑처럼 보일 정도로 높았고, 높이만큼이나 분양 가 또한 살벌했다. 안타깝게도 풍선을 타고 내려온 벌룬 파이터가 플래카드처럼 건물에 걸린 채 펄럭이는 몰골 이 포착된 후 매매가가 분양가만큼 떨어지는 사건이 벌 어졌는데, 뜻하지 않은 폭락을 맞이한 아파트 주민들은 UN보다 훨씬 더 거세게 화를 냈다. 그 폭격과도 같은 폭락을 바라보며 대만의 군사평론가 다이칭은 21세기 에 걸맞은 새로운 방식의 전쟁이라는 찬사를 남겼다.

"얼마 하지도 않은 싸구려 풍선과 연간 유지비가 천 달러 될까 말까 한 가난한 경보병으로 수천억의 피해를 선사한 것만 보면 백 배 넘게 차이 나는 GDP를 극복할 수 있는 아주 탁월한 전략이죠. 그러니까, 예나 지금이 나 전쟁에서 제일 중요한 건 결국 돈입니다."

대만 군사평론가의 찬사를 받았다는 사실을 알지 못했던 두 번째 벌룬 파이터는 자신을 동여매고 있는 매 듭을 풀고 추락사할지, 아니면 얌전히 잡힐지 고민하고 있었다. 만약 그가 앞날을 조금이라도 내다볼 줄 알아서 자신에게 송달된 손해배상청구 소송장을 엿볼 수 있었 다면 줄을 끊고 아파트의 매매가처럼 스스로 추락하고 말았겠지만, 그의 눈에 미래란 것은 전혀 보이지 않았기 에 결국 그는 구조대원의 손에 의해 수치스럽게 구조되고 말았다. 원활한 비행을 위해 경기관총, 수류탄 같은 무기가 지급되지 않았기에 벌룬 파이터가 자신을 구조하고자 하는 대원의 손을 향해 휘두를 수 있는 건 물이 한 방울도 들어 있지 않은 낡은 수통뿐이었다.

그 수통에 콧잔등을 얻어맞은 구조대원은 어쩐지 익숙한 냄새가 난다고 느꼈다. 나중에 압수한 수통의 밑바닥을 살펴보니 북쪽 나라의 언어가 아닌 다른 나라의 언어가 적혀 있는 것을 발견할 수 있었다.

┌─────────────────────┐
│ 製造年月 : 昭和42年* │
└─────────────────────┘

"이때가 언제야?"

"우리 할아버지의 할아버지들이 열심히 전쟁하고 있을 때네요."

그렇게나 오래된 수통을 보고 어쩐지 기분이 유쾌해진 구조대원들은 자신이 군대에 있을 때 얼마나 낡은 수통을 썼는지 서로 지껄이기 시작했다. 제정신으로 들어줄 만한 얘기가 아니었는지, 아니면 그저 피곤해서 그런 것인지 알 수 없었지만 묶인 채 구조당한 두 번째 벌

---

* 1967년.

룬 파이터는 그들의 얘기를 다 듣지 못하고 그만 혼절하고 말았다.

가장 가까운 병원으로 이송된 그는 이런저런 검사를 받았다. 27종의 기생충(그중 2종은 학계에 보고되지 않은 종이었다)과 15종의 세균을 몸에 품고 있다는 결과를 본 사령부는 북쪽의 적들이 살아 있는 사람을 생화학 병기로 만드는 새로운 전략을 구사한 게 아닌가 하고 잠깐 의심했다. 하지만 뒤이어 떨어진 세 번째 벌룬 파이터를 검시한 결과 그 의심은 한가을 밤의 구름처럼 사라지고 말았다.

세 번째 벌룬 파이터가 수도 상공에서 낙하를 시도한 때는 두 번째 벌룬 파이터가 영양실조와 급성 저혈압을 치료하기 위해 인근 대학병원의 응급실에서 수액을 맞고 있을 즈음이었다. 뜻하지 않은 난기류에 휩쓸리는 바람에 세 번째 벌룬 파이터는 적절한 온도로 얼린 것 같은 우유아이스크림처럼 생긴 구름 속으로 빨려 들어갔는데, 외양과 달리 달달하지 않았지만 입술과 혀가 순식간에 얼어붙을 정도로 시원했다.

그렇게 꽁꽁 얼어버린 세 번째 벌룬 파이터는 종합업무지구로 활용되고 있는 123층짜리 고층 빌딩 꼭대기에 걸리고 말았다. 덕장에 걸린 채 차가운 바람을 맞는 동태와 비슷한 모양새였다. 불행인지 다행인지 세 번째 벌룬 파이터는 두 번째 벌룬 파이터와 달리 입주민들의 소장을 받는 일은 없었다. 입주민들의 소장을 받은 것은 엉뚱하게도 해당 빌딩의 관리소장이었다. 꽁꽁 얼어붙은 시체를 장시간 방치하는 해이한 근무 태도로 인해 입주민들의 안전과 재산에 큰 피해를 입혔다는 게 이유였다.

소장을 받은 관리소장은 곧바로 네 번째 벌룬 파이터가 되려고 시도했는데, 안타깝게도 자전거 전용 공기 주입기로 바람을 불어 넣은 풍선은 진짜 벌룬 파이터의 풍선처럼 사람을 허공에 두둥실 띄우지 못하고 처참히 추락시켰다. 추락한 것은 소장뿐만이 아니었다. 한때 고궁 근처의 주상복합아파트보다 매매가가 비쌌던 종합업무지구의 매매가도 함께 떨어졌다. 그 추락은 순전히 벌룬 파이터의 낙하 때문이었다.

북쪽에서 떨어진 벌룬 파이터들이 건물에 걸리는 사고가 연속적으로 일어나자, 대책을 강구하는 집단이 여기저기 생겨나기 시작했다. 정부부터 입주민 대책 위원회까지 이르는 크고 작은 집단들 사이에는 단 하나의 공통점이 있었다. 바로 하늘에서 추락하는 것들을 막고 싫어 한다는 것. 공교롭게도, 두 번째 벌룬 파이터를 심문해야 하는 국가안전보장대책위원회의 준 소령은 추락하는 집값과 벌룬 파이터를 모두 막아야 하는 곤란한 입장에 처하고 말았다. 지루하게 긴 이름에서 짐작할 수 있듯이 그 위원회가 실제로 보장하는 것은 아무것도 없었다. 그저 무슨 사태가 일어날 때마다 해당 건과 연관이 있는 위원의 모가지를 자르는 것이 위원회의 전반적인 업무라고 봐도 무방할 정도였다. 위원회의 위원이 할 수 있는 일은 두 가지뿐이었다. 허공으로 떠오르거나 허공에서 터지거나. 아직 소령에 불과했던 그는 후자에 가까운 상태였다. 폭락하고 있는 집값처럼.

강변에 위치한 75층짜리 호화 맨션은 쥐꼬리만 한 영관급 장교의 월급을 무려 사십 년 동안 쓰지 않고 모아야만 입주할 수 있을 정도로 비쌌는데, 이제 그것도 옛말이나 다름없었다. 전혀 예상치도 못한 벌룬 파이터라는 변수가 발생함으로써 준 소령은 지금까지 차곡차곡 쌓아 올렸던 전술적 성공들이 순식간에 무너질 위기에 처한 상태였다. 말하자면, 지금의 준 소령은 안팎으로 압력을 잔뜩 받아 터지기 직전의 풍선과도 같은 상태였다.

> 국가 안전 보장 대책 위원회
> 안보부 위원 녕 준
> T — 01-1229-3021

별 내용이 인쇄되어 있지 않았지만, 갈린 흑요석이 곱게 뿌려졌기에 감촉만큼은 특별했던 그 명함은 두 번째 벌룬 파이터의 손 위에서 한참이나 머물러 있었다. 준 소령은 주머니에서 담배를 하나 꺼내 물며 벌룬 파이터에게 말했다.

"성이 특이하죠? 아, 그쪽 나라에선 별로 특이한 성이 아닐 수도 있겠다. 몸은 괜찮나요? 여기 병원, 이 근처에서 제일 괜찮은 데니까 불편한 곳 있으면 스스럼없이 말해봐요. 앞으로 이런 곳에서 치료받긴 어려울 테니까. 사실 제 아내도 여기 입원해서 출산 준비를 하고 있다니까요?"

벌룬 파이터는 준 소령이 주절주절 늘어놓는 영양가 없는 말을 귓등으로 들으면서 그가 물고 있는 담배를 물끄러미 바라보기만 했다. 그 시선을 눈치챈 준 소령은 곤란한 표정을 지으며 고개를 절레절레 저었다.

"위쪽은 모르겠지만 아래쪽은 병실에서 금연이랍니다. 보세요, 저도 그냥 물고만 있잖아요."

"저도 물고만 있겠습니다."

벌룬 파이터답게 애원하는 목소리마저 허공에 붕붕 뜨는 것 같았다. 전쟁과는 거리가 먼 가벼운 목소리를 듣고 준 소령은 마지못해 자신의 담뱃갑에서 담배 한 개비를 꺼낸 다음 그의 입술에 꽂아줬다. 벌룬 파이터는 담배 끝에 불이 붙은 것처럼 깊게 숨을 들이마신 후 길게 숨을 내뱉었다. 담배 연기처럼 뭉게뭉게 피어오른 하늘의 구름을 바라보며 나지막이 중얼거렸다.

"다행히 양담배는 아니군요."

"양담배를 태워본 적이 있습니까?"

"담뱃갑에 붉은 사과가 그려져 있는 걸 실컷 태워봤습니다. 지금은 끊었지만."

준 소령은 약간 의구심이 들었지만, 달러도 장마당에 돌아다니는 마당에 양담배라고 못 돌아다닐 이유는 없었기에 그러려니 하고 넘어갔다. 그가 입을 다시 연건 진짜 담배를 다 태우고도 남을 시간이 흐른 뒤였다.

"이 동네 사람들은 높은 곳에서 잘도 사는군요. 전일 미터만 떠올라도 오줌을 지릴 것만 같았는데."

"그런 것치곤 이 먼 곳까지 풍선 타고 잘 날아오셨군요."

"그게 제 일이니까요."

"대체 무슨 일을 하는 건가요?"

벌룬 파이터는 고개를 절레절레 저으며 입에 물고 있던 담배를 빼고 준 소령의 질문에 질문으로 답했다.

"위원님은 몇 층에 사십니까?"

"75층이요. 여기보다 훨씬 높습니다."

"살기엔 너무 높지 않습니까?"

"살기에 너무 좋습니다. 비싸니까요."

정확히 말하면 장인과 장모의 집이긴 했지만, 준 소령은 그런 자세한 정보까지 알려주고 싶진 않았다. 하지만 우리의 벌룬 파이터는 그런 자세한 정보까지 알고 싶었던 모양이다.

"그 집, 매매가가 얼마나 떨어졌습니까?"

"알아서 뭐 하게요."

벌룬 파이터는 다시 한번 담배 연기를 내뿜듯 길게 한숨을 내뱉은 뒤 답했다.

"그 값을 떨어뜨리는 게 제 일이니까요."

"무슨 일이시죠."

"일하러 왔죠."

벌룬 파이터는 잠깐 어리둥절한 표정을 지으며 빈을 바라봤다. 빈은 벌룬 파이터가 누워 있는 침상까지 천천히 걸어가며 느긋한 목소리로 말했다.

"안심하세요. 먼젓번에 오신 분처럼 당신에게 주먹을 휘두르거나 하진 않을 테니까요. 그쪽이 먼저 공격을 가하지 않는 이상."

그제야 빈이 무슨 일을 하는 사람인지 알게 된 벌룬 파이터는 이불 속에 파묻었던 몸을 일으키며 물었다.

"이름표는 없으신가요?"

"저는 그런 거 안 키웁니다."

"그럼 담배는 태우시나요? 담배 한 개비 좀 빌리고 싶은데."

"저는 그런 거 안 피웁니다."

"먼저 오신 분보다 훨씬 훌륭하신 분이군요."

실제로도 안전대책위원회 내에서 업무적인 평가는 장교인 준 소령보다 부사관인 빈이 훨씬 좋았다. 그러나 그것이 벌룬 파이터를 심문할 심문관으로 빈이 지명된 이유는 아니었다. 빈이 두 번째 심문관이 된 이유는 총 두 가지였는데, 집값을 폭락시키는 게 자신의 일이었다는 벌룬 파이터의 진술에 분통을 터뜨리며 서류 판의 모서리로 그의 정수리를 가격했던 준 소령과 달리 빈의 집은 수도에서 한참이나 떨어진 외곽에 있어서 하늘에서 무엇이 떨어지든 말든 언제나 집값이 떨어지는 중이었다는 게 첫 번째 이유였고, 그의 아버지 또한 벌룬 파이터처럼 북해 출신이라는 게 두 번째 이유였다. 그래서인지 빈의 억양은 벌룬 파이터의 귀에 아주 익숙하게 들렸다. 물론 그렇다고 해서 벌룬 파이터가 경계심을 푼 것은 아니었다. 빈이 그의 귀에 익은 억양을 내뱉을 때조차 벌룬 파이터는 그를 낯선 눈빛으로 바라봤다.

"선생님은 운이 좋은 편이십니다."

그럴 만도 했다. 아무런 안전장치도 없이 100킬로미터에 가까운 거리를 헬륨 가스가 잔뜩 들어 있는 풍선에 의지해서 날아오는 건 생각보다 위험천만한 일이었다. 그사이 북쪽 하늘에서는 네 번째와 다섯 번째 벌룬 파이터들이 내려왔는데, 한 명은 63빌딩 옥상에 배치되어 있던 발칸포에 갈기갈기 찢어졌고, 다른 한 명은 너무 멀리 날아간 나머지 남해 한가운데에 떨어져 때마침 지나가고 있던 흰수염고래에게 먹혀 고래밥이 되고 말았다. 그러나 그 사실을 몰랐던 벌룬 파이터는 빈의 말을 믿을 수 없었다. 그러한 불신은 아버지로부터 전해져 내려온 빈의 북해식 억양이 괜한 친근감을 조성하기 위해 사용하는 것이라는 의심으로 이어졌다.

의심을 드러내기 위해서, 벌룬 파이터는 그날 아침 자신이 받은 서류 뭉치를 슬쩍 내밀어 보였다. 서류봉투를 받아 든 빈은 그 안에 담긴 종이를 한 장씩 꺼내 천천히 살펴봤다. 종이에 기다랗게 적혀 있는 아라비아 숫자와 그 아래로 수백 명의 이름이 빼곡히 인쇄되어 있었고, 그 수백 명의 이름 가운데 준 소령의 이름이 있었지만 안타깝게도 두 사람은 그 이름을 발견하지 못했다. 손해배상금이라는 머리말을 달고 있던 그 숫자를 바라보며, 빈은 한때 적군인 벌룬 파이터한테 이 정도 액수의 손해배상을 청구할 수 있나 싶어 약간 의아했다.

벌룬 파이터는 어리둥절한 표정으로 숫자들을 바라보는 빈에게 말했다.

"제가 일을 잘했다는 증거겠죠. 너무 일을 잘해서 탈인 것 같지만."

빈은 종이를 다시 서류에 집어넣으며 고개를 끄덕였다.

"잘하긴 잘하셨죠. 지금 수도의 모든 아파트 옥상에서 입주민들이 밤잠을 설쳐가며 불침번을 서고 있는 거 아시나요?"

바로 그때, 병실에서 정확히 2.73킬로미터 정도 떨어져 있는 아파트 옥상에서는 근신 명령을 받은 준 소령이 불침번을 네 시간 하고도 삼십칠 번째 서고 있었다. 그는 오 분에 한 번씩 부대에서 갖고 나온 쌍안경으로 주위 하늘을 둘러봤는데, 새벽이나 아침이나 그의 눈에 보이는 것이라곤 재미없게 생긴 늦가을의 구름뿐이었다. 일교차가 큰 늦가을의 차가운 공기는 준 소령의 폐를 간지럽게 만들기에 충분했다. 푸-엣-취! 시원하게 재채기하며 자신만의 전쟁을 치르고 있던 준 소령은 코를 훌쩍이며 누가 자신의 이야기를 하고 있나 보다, 하고 지레짐작했다. 그 누군가가 자신에게 근신 처분을 내린 위원회의 윗선이길 내심 바랐지만, 안타깝게도 그의 이야기를 하는 건 벌룬 파이터와 그의 후임자 빈이었다.

그 사실을 아는지 모르는지, 옥상 임시 소초에서 2.73킬로미터 떨어진 병상 위에 누워 있던 벌룬 파이터는 무심하게 말했다.

"저쪽에 달린 TV에서 보긴 했습니다."

"다 선생님 덕분입니다. 선생님 친구분들이 또 하늘에서 떨어질까 봐 그러는 거라고요."

"뿌듯하군요."

뻔뻔한 벌룬 파이터의 반응을 보고 빈은 고개를 절레절레 저으며 주머니에서 담배를 하나 꺼내 문 다음, 망설이지 않고 불을 붙였다. 벌룬 파이터는 담배 연기를 내뿜는 빈에게 손가락을 절레절레 저으며 말했다.

"여기 금연 구역이라던데."

"북해에도 금연 구역이 있습니까?"

벌룬 파이터가 대답 대신 어깨를 으쓱이자 빈은 담배를 필터 끝까지 주욱 빨아들인 다음, 먹구름만큼 기다란 연기를 내뿜으며 말을 이어갔다.

"일단 협조 좀 해주시죠. 잘만 해주시면 손해배상 금액이 혁명적으로 줄어들 것입니다."

"요즘 우리는 혁명이라는 단어 잘 안 씁니다만."

빈은 전혀 협조적이지 않은 벌룬 파이터의 대답을 듣고 눈살을 찌푸리며 고개를 저었다.

벌룬 파이터가 빈에게 요구한 것은 한 가지뿐이었다. 변호사, 그것도 실력이 아주 좋은. 하지만 빈의 역량으로 그 요구를 들어주기가 어려웠다. 지불할 수임료가 없는 벌룬 파이터를 위해 기꺼이 무료로 변호해줄 실력 좋은 변호사는 이 세상에 한 명도 없기 때문이었다.

"요즘 변호사들은 돈이 없으면 움직이질 않습니다. 돈 없이 움직이는 그런 훌륭한 변호사들은 지난 세기에 다 죽어버렸거든요."

"그렇군요. 그럼 저도 그런 훌륭한 변호사들을 따라

서 죽으면 될까요?"

"선생님은 훌륭하지도 않고, 변호사도 아니지 않습니까."

"농담입니다."

전혀 웃기지 않은 농담이라 빈의 입꼬리는 조금도 움직이지 않았다. 어쨌든 빈은 벌룬 파이터의 변호를 위해 머리와 실력이 적당히 벗겨진 국선변호사 한 명을 데려와준다 약속했고, 그 약속이 영 미덥지 못했던 벌룬 파이터는 빈에게 적당히 협조하겠다고 말했다. 그 적당한 협조 덕분에 빈은 벌룬 파이터의 이름과 소속, 혈액형과 가족 관계 등을 알아낼 수 있었다. 그중에 그나마 유용했던 정보는 그가 북해의 정찰총국에 소속되어 있다는 것 그리고 그의 아버지 또한 기상천외한 방법으로 남쪽 땅을 밟았다는 것뿐이었다.

지금 대부분은 그 존재를 잊었지만, 아주 오래전 벌룬 파이터 이전엔 '미스터 드릴러'가 있었다. 그 유치한 이름에서 짐작할 수 있듯, 그들은 지하 땅굴을 파며 남침을 시도하는 이들이었다. 국경선 인근에서 북에서 남으로 향하는 수십 킬로미터 길이의 땅굴을 여럿 팠던 그들은 삽과 곡괭이, 숟가락 같은 도구를 사용했다. 모두 소음을 최소화하기 위한 도구였다. 최초로 잡혔던 미스터 드릴러 1호는 지하철 순환선 외곽 공사 현장에서 체포됐다. 빈은 창 너머로 멀찍이 보이는 수도 북쪽 외곽에 있는 산을 가리키며 저곳이 그곳이라고 말했는데, 벌룬 파이터는 그가 가리킨 곳을 바라보지 않았다. 그곳을 바라봐도 볼 수 있는 것이라곤 땅굴을 파고 있는 옛날의 미스터 드릴러가 아닌, 하늘에서 낙하하고 있을지도 모르는 벌룬 파이터뿐이라는 것을 알고 있었으며, 이미 익히 알고 있었던 이야기였기 때문이었다.

공교롭게도 최초로 체포된 미스터 드릴러는 두 번째 벌룬 파이터의 아버지였다. 지하철 공사장의 인부를 급습하여 그들의 간식이었던 건빵과 별사탕을 으적으적 씹던 그는 경찰들에게 순순히 체포당했는데, 그가 항복한 이유가 건빵의 퍽퍽함 때문이었는지 아니면 별사탕의 달콤함 때문이었는지에 대해 의견이 분분했다.

"아들은 하늘로 침투를, 아버지는 땅으로 침투를. 대단한 유전이군요."

"정반대니까 오히려 돌연변이라고 할 수 있지 않을까요."

"아버님은 잘 계십니까."

"그걸 제가 어떻게 압니까. 수십 년 전에 잡히신 분인데."

그 당시, 사령부는 그런 허접한 도구들로 전차 한 대가 지나갈 수 있는 폭의 땅굴을 그 정도 길이까지 파려면 땅굴 하나당 공사 기간이 적게는 수십 년 이상 걸릴 것이라며 이는 적들이 휴전을 시작하자마자 땅굴 공사에 착수한 것이 분명하다고 발표했다. 낭만이 넘치던 그 시절은 사령부의 발표를 의역할 수 있었던 매체가 없었기에 대부분의 국민은 사령부의 발표에 수긍했고, 심지어 북쪽을 향해 땅굴을 파자고 거세게 주장하는 이들도 있었다. 놀랍게도 그들 중 일부는 지금 시대까지 목숨을 부지하며 이렇게 외치고 있었다.

"우리도 북쪽을 향해 사람을 매단 풍선을 날려 보내자!"

과거의 사령부보다 조금 유순해진 현재의 사령부는 대외적으로 우리 군이 적들처럼 비인도적이고 저급한 전략을 사용할 일이 결코 없을 것이라고 발표했는데, 그 발표를 진지하게 믿는 이는 아무도 없었다. 심지어 그 발표를 했던 대변인조차도.

"훈련 기간이나 부대 규모, 그런 것들을 좀 자세히 캐보란 말이야."

대변인 노릇을 하며 다소 의역이 될 법한 발표를 종종 맡아왔던 전략 선전 본부장은 지문이 드문드문 묻은 안경을 닦으며 빈에게 그런 두루뭉술한 지시를 내렸다. 평소대로라면 적확하고 명징한 지시를 내렸겠지만, 상부의 질책과 제멋대로 번역하는 언론 덕분에 새치가 300퍼센트나 증가할 정도로 스트레스를 받던 그는 평상시와는 거리가 먼 상태였다. 빈과는 전혀 다르게 말이다.

준 소령처럼 수도에 집이 있거나, 본부장처럼 엄청난 비난을 마주하진 않았던 빈은 대변인이 요구하는 정보들이 대체 무슨 소용이 있을까 하는 의문조차 들었다. 적대 국가의 군인이 매일같이 풍선을 타고 하늘에서 떨어지는 광경을 바라보는 게 처음에는 비일상처럼 느껴졌지만, 하늘에서 떨어지는 벌룬 파이터의 숫자가 많아질수록 어느새 그들은 빈의 일상이 되고 말았다.

오늘만 하더라도 벌써 세 명의 벌룬 파이터가 수도에 떨어졌다. 한 명은 롯데타워에, 한 명은 서울타워에, 나머지 한 명은 짓다 만 금융타워에 대롱대롱 걸렸는데, 안타깝게도 그들 중 목숨을 부지한 이는 한 명도 없었다. 풍선에 주입한 가스의 상태가 영 좋지 못했던 것인지, 아니면 풍선 재질이 영 좋지 못했던 것인지는 알 수 없었지만 그들이 매달린 풍선은 평균적으로 건물에 걸린 지 칠 분 십일 초 만에 터져버리고 말았다. 그 시간은 도심 내에서 구급대가 신고 장소까지 출동하는 데 걸리는 평균 시간보다 훨씬 짧았다. 잘 익은 가을 은행처럼 아스팔트 바닥에 충돌한 그들은, 준에게 아무런 위협조차 되지 않았다. 앞서 말했듯이, 정찰총국은 원활한 비행을 위해서 벌룬 파이터에게 아무런 무장을 쥐여주지 않았기 때문이다.

어저께 신도시 초등학교 운동장에 불시착한 벌룬 파이터는 체육 수업 중인 다수의 초등학생들에게 폭행을 당했고, 그저께 판교의 어느 회사에 불시착한 벌룬 파이터는 주인과 함께 출근한 소형 반려견한테 제압당했으며, 그끄저께 잠실에 불시착한 벌룬 파이터는 러닝 크루들의 러닝화 밑창에 밟혀 죽고 말았다.

빈은 자신이 요구한 정보를 백지 위에 열심히 기록하고 있는 벌룬 파이터를 내려보며 말했다.

"다시 한번 말하지만, 선생은 운이 좋은 편이라니까요."

그러나 부대장의 이름을 한자로 또박또박 적고 있던 벌룬 파이터는 고개를 절레절레 저으며 답했다.

"정말 그렇게 생각합니까?"

상당히 힘이 들어간 목소리였고, 그 힘이 손끝으로 쥐고 있던 볼펜까지 전해졌는지 심은 어이없는 소리를 내며 부러지고 말았다. 빈은 시큰둥한 표정을 지으며 새

볼펜을 구하겠다고 말한 후 병실 바깥으로 나섰다. 병실에 홀로 남은 벌룬 파이터는 방금 자신이 부러뜨린 볼펜의 날카로운 끝을 물끄러미 바라봤다. 평균 소매가가 백 원이 될까 말까 한 그 싸구려 볼펜에 대해 잠깐 설명을 해보자면, 길이 16.8센티미터의 육각형 몸통과 새까만 탄두처럼 보이는 머리통으로 이뤄졌으며, 그 내부엔 굵기 0.7밀리미터짜리의 펜촉이 있는데 그 단순하고 빈약한 구조 탓에 볼펜 똥이 질질 새는 것으로 유명했다. 그러나 이국 볼펜을 처음 보는 벌룬 파이터는 그러한 사실을 잘 몰랐다.

반면 그 사실을 잘 알고 있었던 빈은 벌룬 파이터가 자신의 목에 부러진 펜촉을 들이밀고 있을 때도 별다른 위협을 느끼지 못했다. 때문에 침착한 목소리로 벌룬 파이터에게 이런 질문을 던질 수 있었다.

"뭘 원하십니까?"

"나가게 해주십쇼."

"원하시는 대로 해드리죠. 그 전에 좀 맞읍시다."

빈에게 시스테마 기술로 순식간에 제압당하며 널브러진 벌룬 파이터는 자신의 눈을 향해 날아드는 특전 부사관의 주먹을 바라보며 속으로 생각했다. 자신은 운이 상당히 나쁜 편인 것 같다고.

"어이구. 이거 사람을 완전 곤죽으로 만들어놨네."

본부장은 반쯤 부서진 침대 위에 널브러진 벌룬 파이터를 내려보며 고개를 절레절레 저었다. 벌룬 파이터는 이제껏 그랬던 것처럼 본부장을 올려보며 담배를 하나 빌려달라고 청했다. 본부장은 약간 께름칙한 표정을 지었지만, 품에서 붉은 사과가 그려진 담뱃갑을 꺼내 담배 한 개비를 빼내며 벌룬 파이터의 입에 꽂아준 다음, 불까지 붙여줬다. 벌룬 파이터는 소심하게 연기를 내뿜으며 중얼거리듯 말했다.

"여기 금연 구역이라는데."

"당신 같은 사람이 그걸 지킬 필요는 없잖아?"

그 단호한 말에 벌룬 파이터는 고개를 끄덕이며 담배를 깊게 빨아들인 다음, 연기를 길게 내뱉었다. 허공에서 바라봤던 것 같은 구름이 그의 입에서 뻗어져 나오는 걸 느끼며 어쩐지 벌룬 파이터는 고향의 냄새가 나는 것 같다고 생각했다. 그럴 만도 했다. 지금 그가 물고 있는 것은 그가 위쪽 장마당에서 실컷 피워댔던 양담배였으니까. 그의 표정에서 그리움이라도 느껴졌는지, 본부장은 담뱃갑을 다시 주머니에 집어넣으면서 단호하게 말했다.

　"앞에 두 친구는 어떤지 모르겠지만, 솔직히 난 당신을 같은 사람이라고 생각 안 해. 그냥 아주 지독한 업무 중에 하나라고 생각할 따름이지. 아주 사무적으로 대할 테니까 어떠한 기대도 하지 마시라고."

　벌룬 파이터는 천천히 고개를 끄덕였고, 본부장도 그를 따라 고개를 끄덕이며 말을 이어갔다.

　"선택을 해야 할 거야."

　오래전 세 가지 선택권이 있었던 어떤 병사와 달리 벌룬 파이터는 두 가지만 선택할 수 있었다. 이곳에 머무를지, 아니면 다시 허공 위로 떠오를지. 본부장이 제공한 선택의 시간은 그렇게 길지 않았지만, 그 시간이 길었다고 해도 벌룬 파이터는 똑같은 선택을 했을 것이다. 한 장에 불과했던 손해배상청구서가 불과 며칠 밤사이에 열다섯 장으로 불어났고, 어떻게 던진 건지 모르겠지만 20층에 위치한 병실의 창문을 벽돌로 세 번이나 박살 내는 광경을 견디는 것보다 차라리 허공에 두둥실 떠오르는 게 그한테는 더 편안한 일이었을 테니까.

　수도에 추락한 벌룬 파이터의 숫자가 스무 명이 넘어갈 즈음, 수도권 고층 아파트의 평균 시세가는 20억

정도 하락했고, 이는 전면전에 준하는 국지전이 일어났을 때 예상되는 피해액과 동일하다며 이러한 행태는 더 이상 좌시할 수 없다고 사령부는 발표했다. 옥상에서 유튜브로 그 뉴스 속보를 보고 있던 준 소령은 드디어 올 것이 왔구나, 하고 생각했고 집값이 떨어지고 있던 집에 홀로 누워 자고 있던 빈은 아무 생각도 하지 않았다. 그러나 이어지는 본부장의 발표를 듣고 두 사람은 모두 똑같은 생각을 하고 말았다.

"생포한 벌룬 파이터들을 풍선에 묶어서 다시 북해로 돌려보낼 것입니다."

지극히 인도주의적이면서 동시에 적대 행위에 동일한 반격을 가함으로써 국제사회의 질책을 벗어날 수 있을 것이라고 마무리된 대변의 발표는 이번에도 다소 의역된 채 보도됐다.

우리 군, 벌룬 파이터는 사람이 아니라 포로 대우 해줄 수 없다고 밝혀.

그런 보도 덕분인지 모르겠지만 국내는 물론이거니와 국제사회에서도 질책이 끝없이 이어졌다. 우리의 벌룬 파이터는 북송에 동의한다는 자신의 육성이 대외적으로 공개되기 전까지 하늘 위로 떠오를 수 없었는데, 그 지지부진한 기다림 속에서도 그는 자신의 선택을 번복하지 않았다. 다시 한번 몸이 풍선에 묶이는 신세가될 때까지도.

본부장은 사형수에게 유언을 묻는 집행관처럼 벌룬 파이터에게 정말로 날아갈 것이냐고 물었고, 벌룬 파이터는 정말로 날아갈 것이라고 답했다. 그 대답을 들은 본부장은 고개를 끄덕였다. 벌룬 파이터가 공중에 떠오른 것은 본부장이 고개를 다섯 번쯤 끄덕였을 즈음이었다. 천 개의 풍선은 자신을 땅에다 묶고 있던 줄이 풀리자 일제히 하늘로 솟아올랐다. 당연하게도 그 순간 수도권 부동산 시세도 따라 올랐다. 물론 올라간 시세는 오래가지 않았다. 총알이나 포탄 대신 서로의 진영을 향해 풍선을 날리는 풍선 전쟁은 이제 막 시작됐을 따름이었으니까.

반격의 신호탄이라고 할 수 있었던 두 번째 벌룬 파이터는 다리가 지면에서 멀어지자 자신도 모르게 허공을 향해 양손을 힘껏 휘저었다. 그 바람에 본부장이 올라가는 길에 먹으라고 쥐여줬던 건빵 한 봉지가 떨어지고 말았다. 원래 사령부 측은 그에게 식량과 생필품이 가득 들어 있는 30킬로그램짜리 생존 가방을 메어 보내는, 이른바 '올 때는 빈손으로, 갈 때는 양손 가득'이라는 계획을 세웠지만, 항복하지 않은 적군에게 뭐 하러 그런 관용을 베푸느냐는 반대 여론과 벌룬 파이터의 완강한 거절 의사 때문에 쓸데없이 이름만 길었던 그 계획을 포기하고 말았다.

"건빵 한 봉지 정도는 괜찮잖아?"

자기보다 먼저 추락하는 건빵을 바라보며 벌룬 파이터는 본부장의 마지막 질문을 떠올렸다. 오래전 지하에서 건빵을 씹었던 아버지와 달리 건빵의 맛조차 느끼지 못했던 벌룬 파이터는 그렇게 천천히 하늘 저 너머로 떠나갔다.

공교롭게도 폐쇄된 낚시터가 있는 폐쇄된 등산로에 불시착한 첫 번째 벌룬 파이터가 이 땅에서 제일 먼저 입에 넣은 음식은 건빵이었다. 하늘에서 떨어진 건지, 아니면 오래전에 머물던 낚시꾼이 버리고 간 것인지는 알 수 없었지만 건빵 봉투는 말끔하기 그지없었다.

권장소비기한 : 2028. 07. 12

겉면에 적혀 있는 한참 전에 지난 날짜를 애써 무

시하며 첫 번째 벌룬 파이터는 봉투를 거칠게 뜯은 다음 내용물을 한입에 털어 넣었다. 그리고 그 옛날 미스터 드릴러들이 그랬던 것처럼 벌룬 파이터는 곧바로 자신의 행동을 후회하고 말았다. 메어오는 목으로 간신히 건빵 한 봉투를 해치운 벌룬 파이터는 아무도 듣지 못할 기침을 하며 주저앉은 채 하늘을 올려다봤다. 폐쇄된 등산로에는 수도권의 건물들처럼 하늘을 향해 가지를 제멋대로 뻗치는 고목들이 가득했다. 어지럽게 얽힌 가지들 사이로 보이는 하늘에서 벌룬 파이터는 며칠 전의 자신처럼 낙하하고 있는 또 다른 벌룬 파이터들을 발견할 수 있었다.

그 풍경을 바라보며 그가 어떤 감정을 느꼈는지 아는 사람은 아무도 없었다. 앞서 말했듯이, 그는 백골이 될 무렵에나 발견되었으며, 그 시점에 벌룬 파이터를 기억하는 이는 가까스로 목숨을 부지한 채 헛소리를 고래고래 지르는 공포에 질린 노인들뿐이었으니까. 그 사실을 전혀 모르는 벌룬 파이터는 앙상한 가지 사이로 보이는 하늘을 그저 막연히 바라볼 따름이었다. 하늘에 빨려 들어갈 것 같다, 고 그가 속으로 생각했을 때 익숙한 감각이 벌룬 파이터의 전신으로 퍼져나갔다. 허공 위로 두둥실 떠오르는 느낌 그리고 오줌을 지릴 것 같은 막연한 공포심. 잠시 후, 벌룬 파이터는 사라졌다. 그가 하늘로 솟았는지 땅으로 꺼졌는지 알 수는 없었지만, 그건 그리 중요한 문제는 아니었다. 이 전쟁 또한 하늘 위의 구름처럼, 벌룬 파이터들처럼 아무도 기억하지 못하는 곳으로 흘러갈 예정이었으니까. 언제나 그랬던 것처럼, 전쟁은 각자의 것이었으니까.

변미나

나무인간

**변
미
나**

2018년 단편소설 「구멍에 관한 취재 보고서」로 문학사상 신인문학상을 수상하며 작품 활동을 시작했다. 2020년 한국문화예술위원회 한국예술창작아카데미 문학 분야 차세대 예술가로 선정되었다.

그 일이 처음 목격된 것은 신공항이 생긴다는 소문으로 Y시 전체가 들썩였던 어느 여름이었다. 그날 저녁, 남자는 일주일째 지속된 장마가 끝나 미뤄뒀던 운동을 하기 위해 중앙공원을 찾았다. 남자는 여느 때보다 상쾌한 공기를 흠뻑 들이마시며 평소보다 빠른 걸음으로 공원을 향해 걸었다. 비는 다음 날 정오까지 내리지 않을 전망이라고 했지만 남자는 만일의 사태에 대비해 우산을 가지고 집을 나섰다. 그렇게 십여 분쯤 걸어 공원에 도착한 남자는 공원 입구에 있는 벤치에 웅크린 채 누워 있는 여자를 발견했다. 어디가 아픈 건지, 아니면 술에 취하기라도 한 건지 희미하게 앓는 소리를 내고 있었다. 가로등이 밝지 않아 인상착의를 정확하게 파악하기 어려웠지만 얼핏 보이는 옷차림새로 추정해보건대 남자보다 스무 살 이상 차이 나는, 많게 보면 그의 어머니와 비슷한 또래일 거라 짐작했다. '어머니'라는 단어를 떠올리자 괜히 지나치기 어려워진 그였지만 그렇다고 선뜻 나설 마음도 들지 않았다. 남자는 잠시 머뭇거리다가 운동을 시작했고 천천히 공원 안을 열 바퀴쯤 걸었다. 남자는 공원을 걷는 내내 개운하지 못한 기분에 사로잡혔고 그 이유가 벤치에 누워 있는 여자 때문이라는 것을 알고 있었다.

결국 남자는 벤치에 누워 있는 여자를 향해 조심스럽게 다가갔다. 남자는 그 순간에도 스스로 오지랖이 넓다고 여겼다. 그냥 쉬고 있는 사람일 수도 있었다. 그러나 여자의 입에서는 계속해서 예사롭지 않은 신음이 흘러나오고 있었다. 남자는 예의를 갖춘 말투로 조심스럽게 "아주머니, 일어나세요"라고 말했다. 아무런 대꾸가 없어서 남자는 조금 더 가까이 다가갔다. 흔들어 깨울까 했지만 괜한 오해를 받을까 걱정스러웠던 남자는 들고 있던 우산으로 여자의 어깨를 슬며시 찔렀다. 그러자 여자가 움찔하며 몸을 돌렸고 어둠 속에 가려져 있던 얼굴 일부가 드러났다.

여자의 모습을 본 남자는 자신이 헛것을 보는 건가 싶었다. 얼굴을 포함한 피부 표면에 회갈색의 나무껍질 같은 것이 덕지덕지 붙어 있었다. 여자가 걸치고 있던 옷가지와 신발, 묶어 올린 머리카락이 아니었다면 사람이라 보기 어려울 지경이었다. 여자의 얼굴이라 짐작할 수 있는 부위는 하얀 가루로 뒤덮여 있었다.

*

중앙공원에서 발견된 여자의 소식은, 이를 목격한 또 다른 이들이 지역 커뮤니티에 게재한 글에 의해서 퍼져 나갔다. 여자의 얼굴이 하얀 가루로 뒤덮여 있었다는 대목에서 사람들은 공원의 나무를 떠올렸다. 그 나무는 높이 8미터, 둘레 1.5미터가량으로 여자가 발견된 중앙공원 중심에 있었다. 나무나 꽃에 관심 있는 이들은 그것을 백합나무라고 추정했다. 흔히 플라타너스라고 부르는 버즘나무와 비슷한 생김새였는데, 버즘나무 역시 백합나무의 일종이었다. 차이가 있다면 백합나무가 버즘나무보다 두 배 이상 크고, 잎은 버즘나무의 절반 크기로 짙은 녹색을 띠고 있다는 점이었다.

그 나무는 처음부터 중앙공원에 있던 게 아니었다. 어느 날 갑자기 그곳에 모습을 드러냈다. 그 나무가 정확히 언제부터 그곳에 있었는지 아는 사람은 아무도 없었다. 최근에 생겨났다고만 알고 있을 뿐이었다. 몇몇이 나무가 눈에 띄게 된 시기에 대해 이야기하기도 했지만 대부분의 사람에게 그건 중요한 문제가 아니었다. 중요한 건 크고 잎이 무성한 나무가 중앙공원에 생겼다는 사실이었다. 여름이었기 때문이다. 날은 갈수록 더워지고 사람들은 더 큰 그늘이 필요했다. 공원에 다른 나무들이 있기는 했지만 구색 맞추기에 지나지 않았다. 사람들은 나무다운 나무가 생겼다며 좋아했다. 누가 먼저랄 것도 없이 무성한 나뭇잎을 보며 탄성을 질렀다. 밤이 되면 낮보다 많은 사람이 공원에 모여들었다. 사람들은 그곳에 돗자리를 펴놓고 쉬거나 맥주를 마셨다.

Y시는 작은 도시였고 사실 공원이라고 부를 만한 것은 그 중앙공원이 유일했다. 그로 인해 Y시에 사는 사람이면 누구나 한 번쯤 그곳을 방문한 경험이 있었다. Y시의 새로운 주택 개발계획으로 이곳과 거리가 약간 떨어진 곳에 신도심이 구성되었다. 중앙공원 인근은 자연스럽게 구도심이 되었고, 이제 이곳의 주 방문객들은 인근 주민들이 되었다. 그 나무가 생기면서 중앙공원 인근 주민들은 실로 오랜만에 만족스러운 여름을 보내고 있었다. 그러나 한 가지 불편한 점도 있었다. 나무에서 하얀 가루가 날려 몸과 얼굴에 들러붙는다는 점이었다. 피부가 가렵거나 피부 트러블이 일어나지는 않았지만,

털어내기가 힘들었다. 한번 몸에 붙은 하얀 가루는 오랫동안 씻어내야 사라졌다. 가루의 일부는 입안과 귓속, 콧속으로 들어가기도 했다. 대부분은 이것을 꽃가루로 여기며 대수롭지 않게 넘겼다. 여름이 끝나갈 무렵, 혹시 이 가루가 건강에 좋지 않은 건 아닐까 하는 생각을 하게 된 한 남자가 이 문제로 시청에 문의를 하였다.

그에게 돌아온 건 예상 밖의 대답이었다.

"나무라뇨? 나무 심은 적 없는데요."

지역 커뮤니티 자유 게시판에는 중앙공원에서 발견된 여자에 관한 기사와 함께 '무슨 의도로 누가 그 나무를 심은 걸까요'라는 글이 올라왔다. 글쓴이가 직접 찍은 사진도 함께 첨부되어 있었다. 사진에는 나무 뒤편을 지나가는 한 중년 남자가 찍혀 있었다. 아기를 가진 부모들이 중심이 되는 커뮤니티에 올라온 그 글에는 고작 네 개의 댓글이 달렸다.

첫 번째 댓글은 '그러게요, 그렇게 큰 나무를 아무도 모르게 심을 수가 있나요'라는 댓글이었다. 두 번째 댓글은 '그래도 그 나무 덕분에 여름 잘 보냈는데. 얼굴 없는 천사가 한 일 아닐까요'라고 달렸다. 세 번째 댓글은 '하, 불안감 조장하지 마시죠', 네 번째 댓글은 '뒤에 아저씨 초상권은 어쩔'이었다.

그 뒤로는 중고 아기용품을 사고파는 글과 몇몇 일상 글 그리고 저녁에 있을 콜롬비아와의 축구대표팀 평가전 승패를 예측하는 글들에 의해 순식간에 밀려났다. 그날 대한민국 축구대표팀은 콜롬비아를 상대로 이례적인 대승을 거두게 되었다. 무려 5 대 0이었다. 다음 날 새벽에는 일 년이나 쓰러져 있던 S그룹 회장이 뇌사상태에서 깨어나는 기적이 일어났다. 사람들은 그 사실에 다소 놀라워했으나 별다른 호응은 없었다. 승리의 기쁨을 핑계 삼아 만든 술자리의 후유증으로 몸살을 앓을 뿐이었다.

*

얼마 지나지 않아 지역 뉴스에 짧게 그 여자에 대한 소식이 나왔다. 수도권 소식을 전하는 메인뉴스가 끝난 다음이었다. 여자의 치료를 담당한 의사가 출연했는데, 이 분 남짓한 영상 속에서 사람들은 여자의 개인적인 정보들을 얻을 수 있었다. 여든두 살, 혼자 살고 있으며 근근이 폐품을 팔아 사는 여자였다. 의사는 여자가 앓고 있는 병을 '나무인간증후군'으로 명명했다. 보다 정확한 진단을 위해 여성의 피부 조직을 채취한 이후 분석해보니, 이 병이 크립토코쿠스라는 곰팡이균에 감염되어 발병하는 전염병의 변형임이 밝혀졌다. 본래 그다지 흔한 질병은 아니지만, 면역력이 약화되어 있는 상태에서는 감염을 초래할 수 있다고 했다. 고양이뿐만 아니라 강아지나 사람에게도 감염되는 인수공통감염병이지만, 감염은 크립토코쿠스균을 흡입해서 일어나기 때문에 분비물과 배설물 처리에 장갑과 마스크를 착용하는 등의 주의가 필요하다고 덧붙였다. 감염 부위에 진물 등이 날 수 있으며 환부에 육아종이 발생할 수 있다고 했다. 단, 인수감염 과정에서 변형이 일어났고, 이로 인해 피부가 딱딱하게 굳어지는 양상이라고 전했다.

"일종의 변형된 나무인간증후군인 셈이죠."

지친 목소리로 말하며 인터뷰를 끝내려는 듯 돌아서는 의사를 기자가 붙잡았다.

"전염성이 강한 건가요?"

"아닙니다."

의사는 손으로 눈가를 꾹꾹 누르며 답했다. 곰팡이를 흡입하면서 전염되지만 건강한 사람은 전혀 걱정이 없다는 얘기였다. 또한, 이것은 기존의 크립토코쿠스균보다 전염력이 훨씬 약하다고 했다. 그렇기 때문에 결과

적으로는 크립토코쿠스와 유사하지만 전혀 다른 변종
으로 분류하여 치료를 진행 중이라고 설명을 이어갔다.

"이런 질병이 대게 그렇듯 최소한의 영양 상태와 청
결을 유지하면 절대 걸리지 않습니다."

설명을 이어가는 의사의 어깨 너머로 모자이크 처
리된 여자의 작고 굽은 등이 보였다. 인터뷰에 응한 여
자는 힘없이 말했다.

"밥도 못 먹고, 기운도 없어요, 하루 종일 돌아다녀
봐야 만 원 벌까 말까인데……."

그 뒤에는 힘겹게 살아가는 독거노인들의 이야기
가 나왔다. 다 무너져가는 집과 오래되어 쉬어터진 반찬
들이 화면에 클로즈업되었다. 그러고 나서 면역력을 키
우는 방법이 나왔다. 가장 좋은 방법은 면역력에 도움이
되는 음식을 섭취하는 것이라고 했다. 그 예시로 홍삼과
흑마늘이 나왔다. Y시 사람들은 서둘러 홍삼과 흑마늘
을 구입했다.

*

방송이 나간 후 각종 매체에서는 크립토코쿠스균의
주요 원인으로 비둘기를 꼽았다. 곧 비둘기는 방역 대

상으로 지정되었다. Y시에 각종 방역 업체들이 몰려들어 비둘기를 잡아들였다. 거리 곳곳을 몰려다니던 비둘기들이 순식간에 사라졌다. 가까이 다가가도 꿈쩍 않던 비둘기들은 이제 사람의 그림자만 봐도 공중으로 날아오르는 지경에 이르렀다. 비둘기가 사라진 후 다음 타깃은 길고양이가 되었다. 공원, 야산 등을 오가며 감염된 비둘기의 분변을 흡입하여 감염되니 사람에게도 옮길 수 있다는 이유에서였다. 방역 업체에서 길고양이들 포획에 나섰다. 길고양이에게 먹이를 주거나 접촉하는 일을 자제해달라고도 당부했다. 이 과정에서 충돌이 발생했는데, 캣 맘들이 설치한 길고양이 급식소를 사전 협의 없이 철거하면서였다. 철거자들과 캣 맘들의 언쟁은 물리적 충돌을 동반했다. 누군가 그걸 촬영한 영상이 인터넷을 통해 빠르게 퍼졌고 누리꾼의 갑론을박이 벌어지게 되었다.

여러 설전 끝에 88올림픽 때 평화의 상징이랍시고 들여온 외래종 비둘기에 대한 이야기가 나왔다.

그 끝에 내린 결론은 사람이 문제라는 거였다.

"그러니까, 그 사람이 본인 건강만 잘 챙겼어도 이런 일은 일어나지 않았을 거라고요."

한 누리꾼의 말에 잠깐 잊고 있던 공원의 여자가 다

시 소환되었다. 그 여자, 공원의 여자, 벤치 위의 여자, 쓰러져 있던 여자, 남루한 모습의 여자, 나이 든 여자, 자신을 돌보지 못한 여자……. 그렇게 호명되던 여자를 사람들은 언제부턴가 '나무인간'으로 부르기 시작했다. 그러자 이제 여자는 사람이라기보다 나무에 가깝게 여겨졌다. 무엇보다 나무인간에 대해 말할 때면 사람들은 딱딱하게 굳어 갈라져 있던 나무껍질과도 같은 피부를 가장 먼저 떠올렸는데, 그럴 때면 누구나 예외 없이 오소소 소름이 돋았다. 누군가는 나무인간을 가리켜 징그럽다고 표현하기도 했다. 그렇게 되자 사람들 사이에서 나무인간에 대해 이야기하는 일은 점점 줄어들었다. 특히나 다른 도시 사람들 앞에서는 더욱 그랬다.

Y시에는 얼마 지나지 않아 공항이 생길 예정이었다. 그러나 최근 들어 Y시가 아닌 타 도시에 공항이 지어져야 한다는 여론이 스멀스멀 일고 있었다. 그곳은 두 번째 수도나 다름없다는 평가를 받는 곳으로 굴지의 기업들과 특급열차역 그리고 무려 세 개의 최신형 터미널을 가지고 있었다. 인구가 많은 곳에 공항을 세워야 이용률이 높지 않겠냐는 주장은 꽤 설득력이 있었다. 그에 반해 Y시는 오래된 기차역 하나, 노후된 터미널 하나가 전부였다. 젊은이들은 빠져나가고 출산율도 떨어져

끝도 없이 추락 중인 공허한 이 도시에 공항이 생길지도 모른다는 소식은 사람들을 기대에 차게 만들었다. 이제 어디에 붙어 있는지도 모르는 이 도시에 사람들이 찾아오고 새로운 일자리가 생겨날 거라는 설렘이 일었다.

그런 와중에 갑작스레 일어난 나무인간 사건은 사람들의 마음속에 오랜만에 찾아온 기회가 무산될지도 모른다는 불안감을 만들었다. 남자들은 그 사건에 대해 말할 때, 나무인간을 다른 식으로 부르기도 했는데, 이를테면 '나무여자'라고 부르는 것이었다. 그건 여자들도 마찬가지였다. 다른 점이 있다면 '그 여자'라고 강조해 지칭한다는 점이었다.

*

사람들은 여자에 관해 알려진 정보를 바탕으로, 그 여자가 왜 나무인간이 되었는지 가늠해보기 시작했다. 이런 과정에서 사람들은 그 여자와 자신들의 공통점에 대해 생각해보게 되었고, 스스로 그 여자, 즉 나무인간이 될 가능성이 터무니없이 희박하다는 것을 확인하는 계기가 되었다. 아이들은 "너 자꾸 그러면 커서 나무인간 된다"라는 말에 울며 떼쓰는 일을 멈추기도 했다. 물론 몇몇 아이들은 그 말에 도리어 화를 내며 더 크게 울기도 했는데, 그럼에도 그 말은 대부분 아이를 훈육(협박에 가까웠지만)하는 데 도움이 되었다.

특정 계층을 비하하는 말로 사용될 소지에 대해서 우려하는 목소리도 있었지만 이미 그 말은 일파만파로 퍼졌다. 아이들은 서로를 가리키며 나무인간, 나무인간 하며 놀리기도 했고 급기야 나무로 된 의자에 앉기만 해도 나무인간이라는 소리를 듣게 되었다. 어린아이들 사이에서는 서서 수업을 듣겠다며 자발적으로 일어나는 부류도 생겼다. 아이들의 성화에 급기야 바닥에 앉아 수업을 듣게 하기도 했는데, 집중력이 쉽게 떨어지는 저학년 아이들은 교실 바닥을 굴러다니며 장난을 치거나 잠을 자기도 했다. 이런 문제점이 생기자 학교에서는 나무인간이라는 말을 사용하면 벌점을 주고, 가정에서도 아이들이 그 말을 사용하지 않게 지도해달라고 당부했다.

*

며칠이 더 지난 시점에 출근 중이던 사십대 중반의 남자가 도시의 중심가에서 쓰러지는 사건이 발생했다. 이를 목격한 사람들이 다가가 그를 부축하려고 했지만 그는 이상할 정도로 격한 반응을 보이며 거절했다. 무슨 이유에서인지 바지춤을 제대로 여미지 못한 모습이었다. 그는 흘러 내려가는 바지춤을 한 손으로 붙잡고 있었다. 한여름임에도 손에는 하얀 면장갑을 끼고 있었는데, 움직임이 몹시 불편해 보였다.

그를 돕기 위해 사람들이 하나둘 다가왔다. 그는 사람들을 향해 소리를 지르며 다 됐고, 어서 지팡이나 주워달라고 했다. 이를 지켜보던 한 고등학생이 지팡이를 주워서 남자에게 건네줬다. 지팡이를 짚고 일어서려던 그는 다시 쓰러지고 말았다. 결국 보다 못한 행인 중 한 명이 119에 신고했다. 제발 잠깐만 있으라는 사람들의 만류에도 그는 출근해야 한다며 고집을 부렸다. 나이가 지긋한 노인 한 명이 "가장은 아파도 회사를 나가야 하는 거라우"라고 했고(그가 가장인지 아닌지 확인된 사실이 없음에도), 몇몇 사람들이 이에 동조하듯 고개를 끄덕였다. 가까스로 자리에서 일어나 걸음을 옮기던 그는 그만 손에 쥐고 있던 바지춤을 놓치게 되었다. 이를 바라보던 사람들의 입에서 비명이 흘러나왔다. 그의 엉덩이 바로 아래까지의 피부가 딱딱한 나무껍질처럼 변해 있던 탓이었다.

남자의 사례를 통해 사람들은 병에 걸리게 되면 단

순히 피부가 나무껍질처럼 변하는 것에 그치지 않고 움직임까지 둔해지고 불편해진다는 사실을 알게 되었다. 사람들은 혹시 자신이 병에 걸리지는 않을지, 결국 언젠가는 병에 걸려 혼자서는 아무것도 할 수 없는 지경에 이르게 되는 건 아닌지 걱정했다. 그러면서도 마음 한편에는 다른 사람은 몰라도 자신만은 병을 피해 갈 수 있을 거라는 은근한 자신이 있었다. '나는 아닐 거야' 하며 기도하듯 마음속으로 혼잣말을 했다. 그래서인지 전염력이 거의 없다고 말한 의사의 말을 신뢰했다. 병에 걸리지 않은 사람들은 병에 걸린 사람들에게 어떤 문제가 있을 거라고 짐작했다.

하지만 점점 물건을 놓치거나 넘어지는 사람들이 늘어 Y시의 파손보험 및 실비보험 가입률이 폭증했다. 며칠이 더 지난 시점에는 횡단보도를 건너던 사람이 앞사람과의 보폭을 유지하지 못해 도미노처럼 넘어지는 일이 발생하기도 했다. 이 일은 맞은편에서 오던 차량의 8중 추돌로 이어지며 큰 사건이 되었다. 이어서 공사장을 지나던 행인이 벽돌에 맞는 사고도 발생했다. 벽돌은 길을 지나던 오십대 여성의 정수리를 정확히 가격했다. 여성은 쓰러진 후 십여 분이 지나서야 하교 중이던 초등학교 5학년 아이들에 의해 병원으로 이송되었다. CCTV

확인 결과 여자가 쓰러진 직후 두 명의 행인이 지나갔으나 외면한 것으로 밝혀졌다. 후에 경찰이 이들을 조사한 결과 혹시 병에 옮았을까 봐 선뜻 다가가지 못했다고 전했다. 여성은 뇌출혈로 병원에 입원 중이며 벽돌을 떨어뜨린 인부는 구속되었다. 건설사에서는 사건을 일으킨 인부를 해고했다. 후에 알려진 사실로 그의 해고 사유가 병에 걸렸을지도 모르기 때문이라고 했다.

사람들은 자신이 병에 걸리지 않기 위해서, 병에 걸리지 않았다고 주장하기 위해서 끊임없이 움직여야 했다. 잠깐 멈추는 사이에도 움직이는 것을 쉬지 않았다. 또한 타인과 일정한 보폭을 유지해야 했으며 이로 인해 2미터가량의 거리를 정확히 재는 자를 가지고 다니기도 했다. 우산의 판매율도 늘었는데, 특히 장우산의 판매율이 그랬다. 특수하게 제작이 되어 손잡이가 늘어나 2미터까지 잴 수 있는 우산이었다. 햇볕을 막아줄 뿐 아니라 공중에서 떨어지는 낙하물들을 막아줄 수 있다고 믿었던 터였다. 그러나 얼마 못 가 장우산의 판매는 금지되었다. 검정색 장우산이 도시의 미관을 해친다는 이유에서였다.

"도시 전체가 장례식이라도 치르는 것 같아요."

"동네 이미지가 너무 구려지네요."

시민들이 시에 민원을 넣었다. 곧 업체들이 앞다퉈 투명 우산을 판매했지만, 판매량은 저조했다.

*

병에 대해 여러 가지 소문이 돌았다. Y시가 분지인 점이 병의 원인이란 이야기도 있었다. 여름내 평균온도가 높은 점이 몸을 말라붙게 만든 건 아닐까 하는 의견이었다. 이에 따라 사람들은 전보다 자주 물을 마셨다. 로션과 선크림을 듬뿍 바르고 모자와 선글라스, 마스크를 쓰고 다니기도 했다. 그러나 이런 의견은 하나의 가설에 불과할 뿐이었으며 항간에 유행하던 예방법 역시 소용이 없었다. 시간이 흐를수록 피부 여기저기가 딱딱하게 굳어가는 사람들은 늘어날 뿐이었다.

Y시에서는 시민들에게 증상이 의심되면 바로 병원을 찾으라고 안내 문자를 보냈다. 아무리 생명에 지장이 없는 전염병이라고 하지만 매우 불편할 수 있는 병인데도 병원을 찾는 사람은 드물었다. 특히 회사원들이 그랬다. 하반신을 드러낸 남자의 이야기가 회사에서 특히 자주 입에 오르내렸기 때문이었다. 그가 평소에 업무가 태만했으며 기러기 아빠로 수년을 혼자 살아서 청결 상태

와 정신 건강 상태도 좋지 않았다고 했다. 이 일에 대해 각 회사의 관리자급 이상의 직원들은 이런 말을 했다고 한다. 자기 관리도 회사 생활의 중요한 덕목이라고. 사람이 병에 걸릴 수 있지만, 사실 병에 걸렸다는 것 자체가 이미 자기 관리를 소홀히 했다는 증거라고. 회사는 거대한 조직이며 이 조직이 제 기능을 하기 위해서는 직원들이 각자 맡은 역할에 최선을 다해야만 한다고도 했다. 하나라도 빠져버리면 조직이 제 기능을 하기 어려운 게 사실이지 않느냐고 되물었다.

주로 이십대 중후반부터 삼십대 중반의 직장인들은 상사로부터 이 말을 한 번 이상 들은 것으로 나타났다. 그로 인해 몸이 아파도 섣불리 말하기 힘든 분위기가 조성되었고, 사람들은 병원에 가는 등의 적극적인 치료를 포기하게 되었다고 했다. 대신 늦은 시간까지 회사에 남아 있다가 자정까지 하는 당번 약국에 들러 피부를 부드럽게 만드는 크림을 바르고 환부를 가리고 다녔다고 했다. 실제로 크림을 바르는 즉시 피부가 얼마간 부드러워졌고 그것이 사람들에게 나을 수 있다는 희망을 줬다. 그러나 그것은 일시적인 효과에 불과했고 피부는 점점 더 딱딱하게 굳어가기만 했다. 불편함을 정신력으로 극복하며 그렇게 하루하루 버틴 것이 병을 키우는 꼴이 되었다. 환부가 커질수록 숨기기는 더욱 어려워졌지만 이제는 병원에 갈 수도 없었다. 나무인간으로 판단되면 곧바로 회사와 지인들에게 알려졌기 때문이다.

직장에서의 문제와 다르게 소외당할지도 모른다는 걱정은 학생들 사이에서 더욱 크게 나타났다. 그들에게는 학교가 일상의 전부나 다름없었다. 특히 친구들과의 관계는 학생들에게 중요했다. 학생들이 자신의 문제를 부모에게 털어놓는 일은 드물었다. 병에 걸린 학생들은 신뢰할 수 있는 소수의 친구들과 이 문제를 논의하며 방법을 찾았다. 그리하여 몸을 부드럽게 만들기 위해 식초나 식용유를 마시거나 바르기도 했고, 뜨거운 물속에 오랫동안 들어가 있기도 했다. 그러다 결국 부모의 손에 이끌려 병원에 오게 되었는데, 그 이유는 피부병이 아닌 배탈이나 호흡곤란에 의한 것이었다.

*

칸막이로 나눠진 회사 책상 구석에 앉아 있던 한 회사원의 죽음이 밝혀지고 나서, 이 병의 위험성이 드러났다. 그제야 이미 병이 악화된 회사원들은 병원을 찾기 시작했고, 의학계에서는 이 병이 건강과 생명을 위협할 수 있다는 연구 결과를 밝혔다. 회사 빌딩 앞에는 천막이 생겼다. 그 안에서 매일 아침 피부 감지사들이 출근하는 사람들의 옷을 벗기고 이리저리 살폈다.

환자들이 속출하자, Y시에서는 뒤늦게 병의 발생 원인을 밝히기 위해 역학조사에 들어갔다. 그리고 병이 발현된 환자들이 공통적으로 중앙공원을 방문한 적이 있다는 사실에 주목했다. 그 과정에서 국유지인 공원에 누군가 무단으로 나무를 심었다는 사실이 알려지게 되었다. 해당 나무에서 하얀 꽃가루가 나왔다는 시민들의 증언을 바탕으로 조사가 진행됐다. 중앙공원은 한시적으로 접근 금지 조치가 내려졌다. 평소 중앙공원을 가로질러 다니던 인근 주민들이 바깥쪽으로 멀리 돌아가야 한다며 불편을 호소하기도 했다.

한편 Y시에서는 나무가 과연 질병을 일으킬 수 있는지에 대해 연구기관에 의뢰했다. 또한 나무가 언제, 무슨 목적으로, 누구에 의해서 심어진 것인지에 대해서 기관의 수사가 이루어졌다. Y시는 처음 시민의 제보를 받고도 미온적인 태도를 취한 관련 공무원에게 책임을 물었다. 9급 공무원인 그에게 삼 개월 감봉 처분이 내려졌다.

시위는 한시적으로 금지되었다. 그러나 이에 대해

항의하는 이는 아무도 없었다. 시위를 금지하는 것을 금지하자는 시위를 하는 이도 있었다. 그러나 이런 움직임도 얼마 못 가 사라졌다. 공사 현장에 줄지어 서서 시위를 하던 건설 노동자들은 자리를 떠났다. 후에 들리는 말로는 그들이 다시 공사 현장으로 투입되었다고 했다. 현장에서 일하던 이들 중 대다수가 병에 걸려 인력난에 시달린다고 했다. 익명을 요청한 제보자였다. 더불어 건설 노조의 항의가 있었다고 했지만 정확히는 알 길이 없었다.

삼삼오오 자신들의 권리를 주장하던 단체들도 서서히 사라졌다. Y시에서 전염병 예방 차원에서 시위를 금지하자 단체들이 반발했다. Y시는 이에 따른 대응책으로 온라인 집회를 내놨다. 시청 홈페이지 한편에 온라인 시위를 볼 수 있는 바로가기 링크를 만들어놓겠다며 제안했다. 며칠 후 단체들은 요일을 정해 온라인 집회를 진행했다. 회의실을 빌려 온라인 집회를 하던 단체의 회원 중에도 환자가 속출하자 결국 각자 집에서 시위하기로 결정했다. 공원과 거리, 지하철에서 울려 퍼지던 확성기 소리는 그렇게 사라졌다.

*

　보름이 지난 시점에 연구기관은 보고서를 통해 해당 나무가 지금까지 확인되지 않은 새로운 종이라고 밝혔다. 생김새만 백합나무와 비슷한 것뿐이었다. 사람들이 막연하게 꽃가루라 여겼던 하얀 가루는 정체불명의 분진으로 밝혀졌다. 분진 샘플을 채취한 결과 미생물이 발견되었으며, 이것이 병을 일으키는 주요한 원인인지에 대한 실험이 이루어졌다. 쥐를 대상으로 이루어진 이 실험의 내용은 실험체를 직사각형 아크릴 우리에 넣고 하루 세 시간씩 일정량의 분진에 노출시키며 경과를 지켜보는 것이었다. 이틀째까지 별다른 변화가 없던 쥐는 사흘째가 되자 탈모가 일어났으며 닷새째에 피부 표면이 나무처럼 딱딱하게 변했다. 변이가 일어난 부분, 특히 손이나 발은 확연히 둔한 움직임을 보였다. 그 뒤 감염된 쥐를 분진에 노출되지 않은 건강한 쥐의 우리로 옮겼는데, 서로 간의 감염은 일어나지 않았다고 했다.

　일주일이 되자 감염된 쥐는 뻣뻣하게 말라가며 흡사 작은 나무 조각처럼 변했다. 실험팀은 몸이 나무처럼 변한 쥐의 피부 조직 일부를 잘라내어 과연 이 조직의 세포들이 어떤 상태인지 확인했다. 그 결과 놀랍게도 피부 조직에서 희미하게나마 증산작용이 일어나는 것을 목격할 수 있었다. 증산작용이란 나무의 뿌리가 물을 빨아들이는 동시에 잎 뒷면에서는 수분을 증발시키는 과정이다. 이 과정은 나무의 광합성 및 일정량의 열기를 빼앗는 역할을 해 한여름에도 잘 견딜 수 있게 만들어준다. 증산작용이 제대로 일어나지 않으면 나무가 말라 죽는데, 나무인간들처럼 증산 작용이 활발하지 않은데 적절한 조치를 취하지 않는다면 결국 몸에 수분이 돌지 않게 되고, 마침내 뻣뻣하게 말라 죽을 수도 있다고 했다. 실험용 쥐의 피부는 환부를 도려내도 이미 균이 혈관을 타고 퍼진 상태라 계속 번져나갈 뿐이었다. 근본적인 치료를 위해서는 균을 치료할 수 있는 치료제가 필요했다. 현재로서는 소염제나 연고, 수액과 같은 방법으로 병의 증상을 완화시키고 있다고 했다.

수사기관이 나무를 누가 심었는지 조사했지만 아무런 단서도 발견하지 못했다.

*

중앙공원의 나무는 소각하기로 결정했다. 방진복을 입은 공무원들이 나무를 절단해 방사성 폐기물을 다룰

때 사용하는 특수 용기에 담았다. 이렇게 담긴 나무 파편은 도심으로부터 멀리 떨어진 위험 폐기물 소각장으로 옮겨졌다. 중앙공원은 폐쇄 조치가 내려졌다. 공무용 차량이 돌아다니며 도시 곳곳을 방역했다. 매캐한 소독약 냄새가 구석구석 스며들었다. 도시 곳곳에 희붐한 안개가 끼었다.

Y시에서는 가정마다 방문하여 혹시 병을 앓고 있는 사람은 없는지 확인했다. 그 결과 짐작했던 것보다 훨씬 많은 수의 나무인간들이 발견되었다. 그들은 감염 사실을 숨긴 채 살아가고 있었으며, 환부를 가리기 위해 무더운 날씨에도 긴 옷을 입고 다니는 경우가 많았다. 그들은 자가 치료를 한 것으로 알려졌는데, 이게 병의 악화를 불러왔다. 고보습 로션이나 스테로이드 연고, 바셀린을 바르는 것이 예사였다. 어디서부터 시작되었는지 모를 이 기이한 시도는, '나무가 된 사람은 나무처럼 보살펴야 한다'는 속설과 함께 급속히 퍼져나갔다. 환자의 하반신을 흙에 묻고 정기적으로 물을 주는 이 방식은 의학적 근거는 전무했지만, 절박한 사람들 사이에서 받아들여졌다. 볕도 들지 않는, 집 안 구석진 곳에 놓이게 된 그들은 영락없는 나무처럼 보였다.

Y시에서는 나무인간들을 병원으로 옮겼다. 규모가

큰 병원들의 입원실이 금세 가득 찼다. 급기야 시 외곽에 자리한, 부실 운영으로 폐교된 한 종합대학의 건물을 한시적으로 치료소로 이용하기로 결정했다. 하루가 멀다고 많은 나무인간들이 시 외곽으로 실려 나갔다. 치료소로 이송된 나무인간들은 가족의 면회가 허락되지 않았다. 전화나 문자를 통해 안부 묻는 것만 가능했다. 환자 이송용 차량이 부족해 Y시에서는 사람들을 버스에 태워 이동시키기로 결정했다. 이에 시내버스와 관광버스 회사에서는 거절 의사를 밝혔다. 방역 및 소독을 철저히 해서 돌려주겠다고 했지만 미덥지 않다는 반응이었다. 결국 Y시는 공무용 차량을 이용해 사람들을 옮겼다. 주로 공무용 1톤 트럭이 사용됐다. 나무인간들은 트럭 짐칸에 태워졌다. 여러 번 운행하기가 여의치 않아 불가피하게 한 번 태울 때 최대한 가득 태워 옮겼다. 길을 지나가다 보면 나무인간들을 태운 트럭을 쉽게 발견할 수 있었는데, 짐칸에 실린 그들의 눈빛은 몇 해 전 살처분 처리를 위해 어디론가 향하던 돼지를 떠올리게 했다.

*

　수도를 중심으로 흐르는 강변 가까이 지어진, 가장

호화로운 고층 아파트가 부실 공사의 위험이 있다고 밝혀진 날 저녁, Y시의 소식이 전국으로 알려졌다. 타 도시 사람들은 벌써 몇 달 전부터 이런 상황이 일어나고 있었다는 사실에 놀랐다. 친인척 방문이나 업무상의 일로 Y시에 왔던 사람들은 자발적으로 병원을 찾았다. 줄지어 병원을 찾는 사람들의 모습이 연일 방송에 나왔다. 또한, Y시의 모습을 담은 동영상이 인터넷에 돌아다녔다. 나무인간들이 거리를 활보하는 모습이었다. 무슨 일인지 그들은 몹시 화가 나 보였고 이따금 괴성을 지르는 이들도 있었다. 나무인간들이 빠른 속도로 뛰어다니면서 감염되지 않은 이들을 공격하는 모습이 이어졌다. 이것을 본 타 도시 사람들은 하나같이 끔찍하다고 여겼다. 동시에, 자신들의 도시에서 이런 일이 일어나지 않았음을 감사히 여겼다.

수도에서 일어난 대규모 부실 공사는 Y시의 상황에 비하면 별일 아닌 것처럼 여겨질 지경이었다. S그룹 건설사의 프리미엄 아파트에 대한 대대적인 검열이 이루어져야 한다는, 한 내부고발자의 인터뷰가 방영되었지만 순식간에 묻혔다. 사람들은 Y시의 이야기에만 귀를 기울였다. 해당 건설사가 정계 인사들에게 접근해 무리하게 공사 허가를 받으려고 했던 정황에 대한 후속 보도가 이어졌지만 그것도 금세 사그라지고 말았다. 버스나 지하철에서 이곳의 상황을 실시간으로 보고 있는 사람들이 많았다. 재난영화의 한 장면을 떠올리게 만들기 충분했다. 그 영상에서는 작고 낙후된 도시의 모습이 적나라하게 보였다. 이런 도시가 있는 줄 몰랐다는 반응이 지배적이었다. 익명의 누군가가 이것이 Y시에서 촬영된 것이 아님을 지적했다. 영상 속에는 머스크라는 이름의 카페가 등장하는데, 이곳은 Y시에서 80킬로미터나 떨어진 곳에 위치한 카페였다. 해당 영상은 곧바로 삭제됐다.

*

많은 사람이 감염되었음에도, 감염되지 않은 사람들의 수도 아직 많았다. 중앙공원이 있는 구도심 주변에는 연식이 오래된 아파트가 많았다. 감염자의 대다수가 이곳의 거주민이었다. 반면 감염되지 않은 이들은 주로 공원과 먼 거리에 떨어져 있는 신시가지에 지어진 주상복합아파트에 살고 있었다. 이들은 아파트 안에 편의시설과 여가시설이 있어 구도심까지 올 일이 없었던 것으로 밝혀졌다. 더위를 식히기 위해 멀리 갈 필요 없이, 아파트 옥상에 있는 수영장에서 피서를 즐긴 것이다. 아니면 정반대 날씨의 먼 나라로 여행을 갔다. 이들은 자신들이 Y시에 살고 있다는 이유만으로 잠재적인 병자 취급을 받는다는 것에 무척이나 불쾌한 입장이라고 했다. 이들 중 일부는 이미 다른 곳으로 이주할 예정이었다.

　Y시의 상황이라며 올라온 무수히 많은 영상은 시간이 지나자 대부분 거짓으로 판명되었다. 실제로 나무인간들은 빠르게 뛸 수 없었다. 그들은 병이 진행됨에 따라 움직임이 둔해졌고, 신진대사 속도도 느려졌다. 그럼에도 이미 타 도시 사람들은 나무인간을 무자비한 괴물로 여겼다. 시간이 지날수록 이상한 오해가 늘어났고 기정 사실화되었다. 이를테면 나무인간과 스치기만 해도 병에 걸린다는 거였다. 대화하거나 마주 봐도 걸릴 위험이 있다고 했다. 이런 소문들과 함께 지역 굴지의 기업이었던 한 타이어 회사는 매출이 급감했다. 대기업이 시장을 독식하던 과정에 후발주자로 빛나는 성과를 내던 이 기업은 존폐 위기까지 거론되면서 급기야 내부에서는 회사를 이전해야 하는 거 아니냐는 이야기까지 나오고 있다고 했다. 실제로 Y시 내 기업들은 이미 하나둘 이곳을 떠나고 있었다. 빈 상가와 건물들이 생겨났고 땅값은 터무니없이 내려갔다. 일부 지역은 한 구획이 거의

통째로 비어버리기도 했다.

　도시는 폐허나 다름없이 변했다. 시장은 막대한 책임을 통감한다며 물러났다. 부시장이 시장 대행 역할을 하게 되었다. 사람들은 부시장이라는 것이 존재하는지도 몰랐고, 그가 누구인지도 몰랐다. 이곳 사람들에게는 유령이나 다름없이 여겨졌다. 그에 대해 알려진 거라고는 곧 은퇴를 앞둔, 공직 사회에 오랫동안 몸을 담은 정통 관료 출신이라는 거였다. 누군가는 그가 정석대로 일하는 스타일이라고 했고, 또 누군가는 그가 독단적이라고 했다.

*

　얼마 지나지 않아 믿을 수 없는 일이 일어났는데, 그것은 바로 S그룹이 새로운 공장 부지로 Y시를 점찍었다는 거였다. S그룹은 바이오 제약회사를 새로 만들어 나무인간증후군의 치료제를 생산할 거라고 했다.

　사업 내용 발표를 위해 S그룹 회장이 오랜만에 카메라 앞에 모습을 드러냈을 때, 사람들은 놀라움을 감추지 못했다. 죽은 거나 다름없다고 했던 S그룹 회장은, 그의 아들인 부회장보다 건강하고 생기가 도는 모습으로 나타났다. 휠체어에 타고 있던 모습은 온데간데없었다. 그가 단상에 서서 말하기를, 바이오 계열 사업은 S그룹의 염원이라고 말했다. 또한 이것은 인류를 위한 사회 환원으로 본다고 했다. 그런 취지로 공장 부지를 Y시로 정한 거라고 덧붙였다. 그는 이곳 시민들의 아픔을 통감하며 앞서 말한 목적에 맞게 자신들이 개발한 치료제를 무상으로 나눠 줄 것이라고 이야기했다. 또한 시와 협력해 Y시를 근사하게 탈바꿈할 계획이라고 덧붙였다.

그의 말투는 어딘지 모르게 전혀 다른 사람이 말하는 것처럼 들렸다. 차분하고 냉철했던 평소와 다르게 그는 다소 흥분한 듯 보였다. 그는 몇 번인가 할 말을 잊어 옆에 있는 비서관이 귓속말로 그다음 말을 알려주기도 했다. 겨우 말을 끝낸 그가 단상에서 내려갈 때, 한 기자가 다시 젊음을 찾은 비결을 물었다. 그는 준비라도 한 듯이 주머니에서 손바닥 반 정도 크기의 원형 약통을 보여줬다. 그것은 곧 S그룹에서 출시할 '혈청'이라는 이름의 혈압 조절 보조제라고 했다.

이틀 뒤, S그룹은 약속대로 Y시에 치료제를 무상으로 공급했다. 몇몇 사람들은 과연 S그룹이 어떤 이유로 치료제를 개발하고 있었는지 의문을 품기도 했지만, 선의를 선의로 받아들이지 못하는 태도라며 비난받았다.

치료제는 열두 시간 간격으로 하루 두 번 주사기를 통해 투약되었다. 처치 후 삼 일쯤 지나자 환부의 크기가 손바닥만 하게 줄어들었고, 일주일쯤 지나자 주먹 크기로 줄어들게 되었다. 사람들의 몸은 평소와 같은 상태로 돌아갔다. 놀라운 성과였다.

그러나 사람들의 사고력이 다소 떨어지는 부작용도 발견됐다. 이 문제에 대해 의사들은 치료제의 부작용이라기보다 병의 후유증으로 보는 것이 맞다는 견해를 밝혔다. 사실 일상생활을 지속하기 어려운 수준까지 사고력이 떨어지는 것은 아니었다. 간단한 계산, 사람들 간의 일상적인 대화에서는 문제가 드러나지 않았다.

문제가 생긴 건 토론과 논쟁이 이루어지는 경우였다. 상황에 맞는 적절한 단어를 사용하거나 자신의 입장을 대변할 수 있는 조리 있는 말을 하는 데 곤란함을 겪었다. 사람들은 이런 상황에 대해 적잖이 당황했고, 어른이나 아이 할 것 없이 눈물을 터뜨리기도 했다. 그 후유증은 최대 육 개월이라고 했다. 나무인간이 되는 것보다는 육 개월의 후유증이 낫다고 사람들은 생각했다. 치료제를 투약받고 시간이 지나면서 사람들은 점차 의식적으로 논쟁을 피했다. 육 개월이 지나고도 그랬다. 사람들 사이에서는 논쟁이 사라졌고 그러한 점을 도리어 기쁘게 여기기까지 했다. 지하철에서 난동을 피우는 사람도 없었고, 하나뿐인 아들이 산재를 당했다고 일인 시위를 하던 노파도 더 이상 시청 앞에 나타나지 않았다. 그렇게 되자 아무도 눈물을 흘리지 않았다. 육 개월이 지나고 일 년이 지나도 그랬다.

*

　대부분 치료가 가능했지만 그렇지 않은 이들도 있었다. 치료제로 효과를 보기 어려운 중증의 나무인간들. 이 부류의 사람들은 S그룹 산하의 메디컬 센터로 이송되었다. 이들의 수는 전체 환자 비율의 1퍼센트도 되지 않는 수준이었다. 조사 결과 이들에게는 공통점이 있었는데, 병의 진행 상황을 보며 염려해줄 가족이나 친지가 없다는 점이었다. 이들은 가정사나 사고, 지병으로 가족과 일찍이 헤어졌거나 경제적인 어려움을 겪고 있는 것으로 나타났다. 대부분 오랫동안 혼자 생활해온 것으로 알려졌다. 이들은 이미 어떤 의미에서는 세상을 등지고 사는 것과 다름없었으므로 살아가는 것에 큰 의미를 두지 않았다.
　그리하여 대다수가 치료 거부 의사를 밝혔음에도

Y시와 S그룹에서는 이들의 치료를 강행했다. 이들은 최신 장비를 갖춘 최고의 의료진에게 극진한 치료를 받게 되었다. 의료진은 이들에게 '환자분' '선생님'이라는 호칭을 사용하며 진료했다고 한다. 이곳에 입원한 이들은 스스로도 포기해버린 자신의 존재 가치를 다시 되돌아보기도 했다. 그에 한몫한 것은 이곳에 있는 넓고 쾌적한, 호텔 객실과 견주어도 손색없는 입원실이었다. 이 중증 환자들은 모두 일인실을 사용했다. 간호사와 직원들 역시 이들의 말 한마디 한마디를 귀 기울여 들었다. 게다가 이들 모두에게는 개인 간병인이 있었다. 센터는 몸이 굳어 제대로 이동하지 못하는 이들을 위해 맞춤형 휠체어를 특수 제작했다. 이 휠체어는 L자형 카트로, 흔히 마트 창고에서 매장으로 물건을 옮길 때 사용하는 'L카'라는 것과 비슷한 생김새였다. 안전성을 고려해서 막대기 형태의 지지대와 벨트를 추가로 설치했다. 점심시간 이후에는 산책 시간이 주어졌는데, 센터의 중심에 있는 '센트럴 파크'라는 이름의 공원은 이 시간이면 특수 휠체어에 실려 나온 환자들로 붐볐다. 뻣뻣하게 실려 있는 환자들은 입고 있는 환자복만 아니라면 영락없는 나무로 보일 지경이었다. 극진한 대접 속에서 이들은 점점 센터를 신뢰하게 되었다.

이들은 치료 목적으로 센터에서 시행하는 다양한 임상실험에 적극적으로 참여했다. 약물과 방사선치료와 같이 익숙한 것들이 대부분이었다. 이러한 과정에서 중증 환자들은 어느 정도 치료가 되었다. 평균 한 달의 입원 기간이 지나면 일괄적으로 센터의 깊숙한 곳에 자리 잡은 집중 관리실로 이송되었다. 그것이 최종 치료 단계였다. 이곳에서 어떤 형태의 치료가 이루어지는지 알려지진 않았다. 센터에서도 기밀 사항이라며 함구했다. 치료를 받은 환자들을 수소문해 알아보려 했지만 누구와도 연락이 닿지 않았다. 이 점에 대해서 센터 측은 이들이 모두 사회로 돌아갔으며, 이전의 생활을 청산하여 새사람으로 살고 있다고 했다. 끈질기게 취재하는 몇몇 기자들에게만 특별히 센터 측의 허락하에 유선상 인터뷰가 가능했다. 그뿐이었다. 어느 누구도 이들을 직접 만날 수 없었다.

*

도시의 쇠락과 장기간 치료로 직장을 잃은 Y시 사람들에게는 산책이 유일한 일과였다. 햇빛이 절정에 달하는 정오가 지날 즈음 사람들은 약속이나 한 듯 느릿느

릿 산책을 나왔다. 도시 곳곳에는 새로운 건물들이 속속 생기기 시작했다. 모두 S그룹의 건물들이었다. 수도에만 있는 대형마트와 백화점 건물들도 들어설 예정이라고 했다. 길을 걷는 사람들은 건물들이 지어지며 서서히 윤곽을 드러내는 모습에 시선을 빼앗겼다. 그들은 이러한 광경을 몇 분이고 멈춰 서서 바라봤다. 그들이 뭔가에 집중해 있을 때면 입이 벌어졌는데, 그로 인해 이상하리만치 얼이 빠져 보였다. 산발이 된 머리카락과 너저분한 옷을 입은 사람들의 그림자가 인도를 가득 메웠다. 그들의 그림자는 한 무리의 나무 떼처럼 보였다. 특히 바람이 나부낄 때마다 제멋대로 기른 머리카락이 흔들릴 때는 더 그렇게 보였다.

모든 일이 마무리될 즈음 수도에 있는, 진보적 색채의 일간지에 몸담고 있는 기자는 한 통의 전화를 받았다. 기자는 나무인간의 발생과 S그룹의 관계를 미심쩍어하며 이와 관련된 기사를 수차례 낸 인물이었다. 몇 번인가 누구세요, 라고 물어도 대답이 없어 그가 전화를 끊으려는 찰나 수화기 너머로 가쁜 숨소리와 함께 공중전화의 동전 떨어지는 소리가 함께 들려왔다고 했다. 그는 다급한 목소리로 자신이 센터에 입원해 있던 중증 환자임을 밝혔다. 그는 센터 직원들을 피해 도망치고 있다고 했다. 전화는 도중에 끊어질 수 있으며 그는 기자와의 만남을 희망한다고 했다. 그는 센터에서 중증 환자들의 각 신체 부위를 부속품으로 가공하는 작업을 하고 있다고 덧붙였다.

　하루에도 몇 번씩 거짓 제보를 받는 기자였기에 그의 말을 신뢰할 수 있는 증거가 뭐냐고 물었고, 그는 놀랍게도 자기 자신이라고 했다. 자신이 센터에서 마지막 치료를 받은 사람이며 가공되기 직전에 도망쳤다는 것이다. 오랜 기자 생활을 통해 사람의 목소리로 진정성 여부를 알아차리게 된 기자는, 그의 말을 신뢰하기로 했다. 그는 만남을 약속하고 전화를 끊은 뒤 곧바로 이 사실을 편집국장에게 알렸다. 함께 녹음 파일을 듣던 편집국장은 다른 기자 하나를 더 불렀다. 그 기자 역시 하나의 제보를 받았는데, 그것은 다름 아닌 처음 나무인간으로 발견된 그 여자가 실종되었다는 것이다. 그 여자의 실종과 S그룹 회장이 혼수상태에서 깨어난 것 사이에 깊은 관련이 있다고 했다. 세 사람이 모여 두 개의 녹음 파일을 들으며 센터에서 자신들이 상상하는 것 이상의 일이 벌어졌음을 확신하고 기사화를 시작했다.

　다음 날, Y시와 비슷한 규모의 또 다른 도시에서 허가 없이 나무를 심으려던 일당이 적발되었다. 두 명의 삼십대 남자였는데, 그들이 심으려던 것은 놀랍게도 중앙공원에서 발견된 것과 같은 것이었다. 두 사람은 관할 경찰서에 입건되어 조사를 받았고, 조사 결과 그들은 심부름센터 직원으로 밝혀졌다. 그들은 한 낯선 남자로부터 각각의 도시에 있는 공원에 나무를 심어달라는 의뢰를 받았다고 말했다. 그들은 Y시의 나무만큼은 자신들이 심은 것이 아니라고 강력하게 부인했다. 조사 결과 그들에게 의뢰한 남자 역시 또 다른 사람에게서 의뢰를 받은 것으로 확인되었다. 그렇게 의뢰에 의뢰를 거듭해 여섯 명쯤 올라가니 어느 정도 가닥이 잡혔다. 범인으로 추정되는 마지막 의뢰인은 놀랍게도 이제는 거의 망하기 직전에 이른 타이어 회사의 상무였다.

사람들은 S그룹 관계자가 아닌 타이어 회사 관계자가 이런 일을 벌였다는 것을 믿기 어려워했다. Y시 사람들은 막대한 배신감을 느꼈다. 타이어 회사의 상무는 죄송하다는 말만 할 뿐 다른 말을 하지 않았다. 그리고 얼마 지나지 않아 타이어 회사는 문을 닫게 되었다. 그곳에서 일하던 사람들은 한순간에 갈 곳을 잃게 되었는데, 이때 그 회사를 S그룹이 인수했다. 이렇게 되자 S그룹에 관한 의혹 기사를 써낸 신문사는 사람들의 비난을 받게 되었다. 사람들은 제보자의 말만 믿고 써낸 기사가 네이트판 판춘문예와 다를 게 뭐냐고 비판했다. 이후 기자가 진실을 주장하며 해당 제보자를 찾았지만 제보자는 종적을 감춘 뒤였다. 약간의 판매 부수와 광고 수익 그리고 후원금으로 운영되던 신문사는 후원 중단 의사를 밝히는 전화가 끊이지 않게 되었다. 이로 인해 해당 신문사가 다소 공격적인 기사를 쓰는 일은 잠정적으로 중단되었다.

*

얼마 지나지 않아 공항 건설이 시작되었다. Y시와 S그룹의 합작으로 이루어진 도시 계획은 성공적으로 마무리되었다. 모두가 죽어버린 도시라고 말하던 Y시는 전보다 근사해졌다. 더 넓은 도로와 높은 빌딩들이 생겼고, 곳곳에는 일자리가 넘쳐났다. S그룹은 Y시 사람들을 우선 채용한다는 결정을 전했다. Y시 사람들은 원하는 곳을 골라 취직할 수 있었다. 그들이 전보다 빠르고 꼼꼼하지 않았지만 그건 문제가 되지 않았다. 많은 사람이 같은 처지였기 때문이다. 그들은 뭐든지 쉽게 잊고 쉽게 용서했다. 그러자 모두가 웃게 되었다. 심각한 이야기는 하지 않았다. 심각한 이야기는 할 수 없었던 탓이다.

　나무인간증후군이 종식됐다는 공식 발표가 이루어졌다. 발표와 함께 S그룹의 홈페이지를 비롯한 각종 인터넷 사이트에서 한껏 달라진 Y시의 모습이 널리 퍼졌다. 타 도시 사람들도 하나둘 Y시를 찾았다. 그들은 Y시 사람들을 정말이지 단단히 오해하고 있었다는 사실에 놀랐다. Y시 사람들은 놀랍도록 온순했고 예의가 발랐다. S그룹의 건물들이 들어와서 전보다 땅값이 올랐지만 그럼에도 아직까지는 다른 곳보다 저렴했다. 타 도시 사람들은 Y시로의 이주를 슬며시 꿈꿨다. 그들은 Y시의 노천카페에 앉아 뉘엿뉘엿 해가 질 때 S그룹의 빌딩 사이로 붉은빛이 부서지며 반사되는 것을 바라봤다. 그 모습을 본 사람들은 누구나 감탄했다.

*

　어느 때보다 뜨거웠던 여름이 지나고 제법 쌀쌀한 바람이 불어오기 시작했다. 가을의 풍경이 도시 곳곳에 스며들어 있던 여름의 흔적을 지워나갔다. 그럼에도 이곳 사람들의 기억에는 여름의 일들이 남아 있었다. 시간이 더 지나더라도, 뚜렷해질지언정 잊기는 어려울 것이다. 그들의 몸 어딘가에, 그들만이 볼 수 있는 곳에 아직 사라지지 않은 나무껍질과 같은 피부 일부가 남아 있던 터였다. 그것은 쉬이 사라지지 않았다. 그것이 언제 다시 커질지도 모를 일이었다. 사람들을 위해 센터에서는 정기적으로 치료제를 공급했다. 이들은 다른 걸 제쳐두고라도 약을 먹는 건 잊지 않으려고 노력했다. 환부는 더 이상 줄어들지도 않았지만 그렇다고 커지지도 않았다. 이들은 대부분 그것이 같은 크기로 유지되고 있다는 사실에 만족했다.

중앙공원은 재건축 조치가 내려졌다. 시민들에게 안전하고 편리한 공원으로 변화할 예정이라고 했다.

Y시는 번창했다. 중앙공원에는 S그룹에서 특별히 엄선하여 새로 심은 울창한 나무들이 심어졌다. S그룹에서 특별히 의뢰해서 만든 나무였다. 병충해가 없고 키우기 편한 나무들이었다. 치료제의 이름을 따서 만들었기 때문에 더 의미가 있었다. 아시아에서 가장 아름다운 공원상을 받기도 했다. 키 큰 나무들이 빽빽이 심어져서 하늘을 가리는 광경을 산책길에서 올려다보면 장관이었다. 바람에 산들거리는 나뭇잎들이 미소 짓듯 사람들을 내려다보았다.

*

"엄마, 저 나무 이름은 뭐야?"

아이는 나무에 기대어 앉아 있는 엄마의 어깨를 두드렸다. 엄마는 멍한 표정으로 아이의 어깨 너머를 바라보고 있었다. 예닐곱 살 남짓한 아이는 특유의 끈질김으로 엄마를 흔들어 기꺼이 눈을 마주쳤다.

"지. 오. 코. 무. 누. 스."

아이는 엄마의 입에서 흘러나온 그 단어를 천천히 따라 읊다가 옆에 있는 다른 나무를 가리켰다.

"저건?"

"같은 거야."

"모양이 다른데?"

아이는 뾰족뾰족해 보이는 나뭇잎과 둥근 나뭇잎이 다른 나무들을 비교해보았다. 아이는 각각의 나뭇잎을 한 장씩 따 엄마 앞으로 내밀었다.

"품종은 다르지만 다 지오코무누스야."

그 품종은 튼튼했다. 여러 나무 중 한 나무가 햇빛을 못 받는다고 괴사하지도 않고 잘 자랐다. 왜냐하면 그 나무들의 뿌리가 서로 얽혀 있었기 때문이다. 공원 안의 나무들은 수만 그루였지만 한 그루나 마찬가지였다. 아이는 나뭇잎 두 장을 포개어 자신의 손 위에 올려 놨다. 그러자 어쩐지 자신의 손과 나뭇잎들이 모조리 닮았다는 인상을 받았다.

이즈음 다른 도시에서 나무인간을 봤다는 소문이 돌았지만 확인된 사실은 아니었다. 그럼에도 많은 사람이 크게 걱정했다. 그 무렵, S그룹의 백신도 완성되었다. 백신은 사람들의 적극적인 요청에 따라 전국의 의료기관에 신속하게 납품되었다. 센터에서는 백신접종을 통해 감염 확률을 10퍼센트 이하로 낮출 수 있다고 했다. 어린아이부터 노인 할 것 없이 모두가 백신을 맞기 위해 줄을 섰다.

그해 이후, 새롭게 태어나는 아이들은 나무인간 예방 백신부터 맞았다. 갓 태어난 아기의 가느다란 어깨에 백신을 주사하는 영상이 방송되었다. 특별히 제작한 하얀 가운을 입은 의료진이 백신을 맞은 아기 주변에 모여 박수를 쳤다. 카메라는 화면 가득 아기의 검은 눈동자를 담았다. 시력이 채 생기지 않은 아기의 까만 눈동자는 허공을 헤매며 무언가를 찾는 듯 보였다.

백신을 맞은 후, 사람들의 움직임은 어딘지 모르게 둔하게 변했다. 그럼에도 사람들은 그저 기분 탓이라 여겼다. 자신뿐 아니라 모든 사람이 그랬다. 그렇다면 그것은 큰 문제가 아니었다. 진짜 문제는 따로 있었다. 그러나 사람들은 그게 무엇인지 기억해내지 못했다. 그런 이유로 다 같이 모여서 이 부분에 대해 이야기를 하다가 누가 먼저랄 것도 없이 크게 웃었다. 마치 그들이 할 수 있는 것이라고는 그것이 전부라는 듯이.

미스터 액괴 나랑 떨어지지 마

ⓒ 김나현 김쿠만 변미나 서이제 황모과, 2025

초판 1쇄 인쇄일 2025년 5월 23일
초판 1쇄 발행일 2025년 5월 30일

지은이   김나현 김쿠만 변미나 서이제 황모과
펴낸이   정은영
편집   최웅기 정사라 음수현 김명선 김지수
디자인   강우정
마케팅   최금순 이언영 연병선 송의정 김정윤
저작권   신은혜 박서연
제작   홍동근

펴낸곳   네오북스
출판등록   2013년 4월 19일 제2013-000123호
주소   04047 서울시 마포구 양화로6길 49
전화   편집부 (02)324-2347, 경영지원부 (02)325-6047
팩스   편집부 (02)324-2348, 경영지원부 (02)2648-1311
이메일   neofiction@jamobook.com

ISBN 979-11-5740-470-4 03810